藤蔓缠绕着薄凉之夜，五味子就要喷薄火焰
森林卸下缤纷的肉身，箭镞星球正分娩坚果
水稻的军队丢盔弃甲，向人与土地俯首称臣

寒芒花又开，苍耳不凋零。归时已晚矣。
而今，田园荒芜，荒草漫山，野果溃烂……
秋虫声声召唤，我欲温习感人的荒凉。

等于零

ZEROING

许多余 著

中国发展出版社
CHINA DEVELOPMENT PRESS

图书在版编目（CIP）数据

等于零 / 许多余著 . -- 北京 : 中国发展出版社，2018.10

ISBN 978-7-5177-0928-2

Ⅰ . ①等… Ⅱ . ①许… Ⅲ . ①随笔—作品集—中国—当代 Ⅳ . ① I267.1

中国版本图书馆 CIP 数据核字（2018）第 232211 号

书　　名：等于零
著作责任者：许多余
出 版 发 行：中国发展出版社
（北京市西城区百万庄大街 16 号 8 层 100037）
标 准 书 号：ISBN 978-7-5177-0928-2
经　销　者：各地新华书店
印　刷　者：河北鑫兆源印刷有限公司
开　　本：880mm × 1230mm 1/32
印　　张：9
字　　数：182 千字
版　　次：2018 年 10 月第 1 版
印　　次：2018 年 10 月第 1 次印刷
定　　价：58.00 元

联 系 电 话：（010）88919581 68990692
购 书 热 线：（010）68990682 68990686
网 络 订 购：http://zgfzcbs.tmall.com
网 购 电 话：（010）88333349 68990639
本 社 网 址：http://www.develpress.com.cn
电 子 邮 件：370118561@qq.com

目 录

contents

第一辑

chapter 1

理想与主义

这无限诡秘的有限世界

这无限诡秘的有限世界
冷峻的山峰被溪水缠绕
秋风清凉　叫不醒山脚啃青草的牛羊

那是谁家的孩子
命运将他们放在山坡上
自由生长　交配
繁衍下一世苍凉

2010 年 10 月

我接受你们的赞美

居无定所，不是我的错。路边或角落，也非我所向往。
我是一把刀子，无声地切割，岁月新鲜的局部。
我有尖锐锯齿，拉扯之间，让苍白之手涔出鲜血。

肥沃之土，让我膨胀。唯有贫瘠之地，徒增灵魂之重量。
我认识你们吗？你们这些过客
匆匆的惊喜，和言不由衷的赞美。

我向往的真实并不遥远。
春风给我写过多封情书。
雨滴总有绵绵不尽的诉说。
滚滚风尘也总会驻足。

它们贴近我脸颊，呼吸急促，
一如我们即将错过来生。

我必须懂得感恩。
因此我珍惜，每一寸阳光，每一滴雨水。
每一位过客的目光，都让我浑身战栗。
那些摧残我的人，笑容异常真诚。
美丽招来横祸。
猜忌和妒恨就是褒赏。
我接受你们的赞美。

2012年3月6日凌晨1点

仅够穷开心，仅够空欢喜

我想请十万大军随我捉流萤，骗你到海拔五千米的山顶，巨大的黑暗吞噬你之前，

吹起一阵响亮的口哨。

一千万颗小星星，统统归我指挥。管它权力，够不够。

我的权力，刚够挥霍掉自己，最多也只能为你去死。

最多也只会让我们，你死我活。

这些想法太幼稚啦！我都不好意思告诉你。

我拥有的财富远远不够，

为你买一条性感的黄金内裤，

为你镶一只让人眩晕的钻石舌头，

为你栽培一个营养丰富的石斛隧道。

可否虚构一场电影呢？我们，兼编剧、导演、制片、主演、观

众，先写出几个动人的剧本，就生活在美好的故事里。

我允许你世俗，允许你表演，允许你偷窥，允许你欺骗，允许你寸断肝肠，允许你居心不良……

反正也只有我们两个。

反正也没其他人知道。

可我的才华不够啊！刚刚够我卑躬屈膝，还一贫如洗；如履薄冰，又身不由己；一笑而过，却深深惦记。

我拥有的一切，实在太少——

仅够穷开心

仅够空欢喜

2015年1月2日午后

在小人物与大师之间

好多年后，
我还想放弃，
朋友、爱情、灿烂星空，
换座无人在家的
房子，无人回来。
酒想喝多少就喝多少。

——雷蒙德·卡佛《运气》

很不幸，卡佛没有这首诗中描述的那样“好运气”。他一生都没能换一座无人居住的房子（哪怕是很小的可供独立写作的小房间）；他的死亡也恰好与酒有关。《大教堂》出版后五年，也就是终于可以衣食无忧地写作五年后，把戒酒看作自己最大成就的卡佛，在其写作日渐受到瞩目之时，因吸烟毁掉了肺，在 1988 年 5 月 2 日，五十岁的卡佛英年早逝。

卡佛曾在一篇自述中如此描写过自己的生活：“孩子很小的时候，我们没钱。我们工作累得吐了血，我和我爱人都使尽了全力，但生活也没有任何进展。那时，我一直是干着一个接一个的狗屁工作。我爱人也一样。她当招待员或是挨家挨户地推销东西。很多年以后，她终于在高中里教书了，但那是很多年以后。我则在锯木厂、加油站、仓库里干过，也当过看门人、送货员——你随便说吧，我什么都干过。有一年夏天，在加州，我为了养家，白天给人家采郁金香，晚上饭店打烊之后，我给一家‘免下车餐厅’做清洁，还要清扫停车场。有比写小说和写首诗更重要的事情，明白这一点对我来说是很痛苦的，但我只能接受。要把牛奶和食物放在餐桌上，要交房租，要是非得做出选择的话，我只能选择放弃写作。”

很多作家、诗人和艺术家在成名之前都过一段艰难的生活，但很少有作家像卡佛那样艰难，并且持续的时间如此之漫长——几乎伴随了他的一生。在生活的折磨之下，他也曾有“放弃写作”的想法，但他很快就打消了这个可怕的念头。我认为那不仅仅是“出于表达的需要”，而是一个写作者坚定而顽强的信念——即使再怎么艰难，也要将写作继续下去。

《大教堂》是卡佛最著名的短篇之一。主人公的妻子多年来与一位神秘的名叫罗伯特的盲人朋友保持联系。有一天，罗伯特要来拜访这对夫妇，妻子兴致勃勃，主人公情绪复杂（或许有些许醋意），他竭力克制自己毫无理由的敌意和鄙夷。和卡佛其他一些小说一样，故事中的主人公对生活这种无所谓、消极、琐碎与厌弃相混合的态度，始终是个没有任何铺垫、暗示或提示的谜题。卡佛的写作，多是从自己真实的生活经历和个人体验入手。在小说《大教堂》的结尾，那个紧张、焦虑、无所适从的男人，在闭着眼睛和盲人一起画画的过程中，绷紧的神经终于不自觉地放松下来。读者在阅读这篇小说的时候，总感觉有什么矛盾和冲突要发生，并且一触即发，但直至结尾，并无大事发生，甚至连微小的争吵或不悦感都没有。有评论家如此评论这篇小说："不是四两拨千斤，而是花大量篇幅在天平一端放了过多郁闷之后，在另一端放一茶匙淡淡的欢欣意思意思。然而，这便是雷蒙德·卡佛。"

在《谎话》中，一对夫妻因另一个女人的某一句"谎话"而开始纠结。男人开始怀疑自己的女人，尽管他也不太愿意相信那个女人的话，他更愿意相信她说的是"谎话"，他努力地说服自己，相信自己的妻子。可恰在此时，妻子却主动坦陈，"是真的，上帝原谅我，她跟你说的全是真的，我说我对那一无所知，那时撒了谎。"接下来的故事稍显沉闷，男人想进一步知晓女人为何说谎，她到底干了什么对不起他的事情。女人的行为和话语有些支支吾吾，并且带着些许挑逗，有些像是在掩饰自己，又像是调戏男人；男人不知如何开口直奔主题，答非所问似是而非又剑有所指。直至小说结尾，我们也无法知晓到底是谁说了谎话。“撒谎对某些人来说只是娱乐。”我们只能看到，“她还在微笑，盐粒在她饱满的双唇上微微反光。”

我读了卡佛的一些诗歌作品，个人认为比较一般，比不上同样处于底层的老酒鬼查尔斯·布考斯基的诗。但布考斯基的小说比卡佛差得太远（我甚至后悔买了布考斯基的《苦水音乐》）。布考斯基的小说和他的生活一样凌乱、庸俗，可卡佛，虽然生活琐碎平庸不堪，但其小说却简洁有力，叙述的克制让人惊叹。

村上春树是卡佛作品日译本的翻译者，他在《雷蒙德·卡佛：美国平民的话语》一文中，详尽地论述了卡佛。他说，“他（卡佛）的名字会在美国文学史上留下应有的位置，他留下的六十五篇短篇小说中，至少也会有六篇被当作经典长久地阅读下去。”

卡佛坚信，“没有什么能像一个位置妥当的句号一样，带着如许力量直刺人心。”他说，“一位作家有时需要能不管是否会显得愚蠢就站起来，带着不容置疑的单纯的惊奇，看着这样那样的事物——一次日落或者一只鞋子——目瞪口呆。”所以，他的小说，初看上去像是在记流水账——没有什么新鲜的故事，没有任何宏大的主题；语言不事张扬，情节亦不动人，也不玩结构。他就是以冷静而通俗的语言，以平凡琐碎的故事，成就了“极简主义”小说经典，成为美国当代最著名的短篇小说家、诗人，被誉为“美国20世纪下半叶最重要的小说家”和小说界“简约主义”的大师，是“继海明威之后美国最具影响力的短篇小说作家”。据说，卡佛写小说有“一种反复修改的怪癖”。据他自己说，他的小说至少修改十遍以上，最多的有三十多遍。反复地做同一件事，在精神病学上被称为偏执。他的小说语言冷静、平实，不动声色。他用词没有色彩，只是把他取舍的生活呈现给人们看。正因如此，他那种独特的语调和文学质地，深刻影响了日本的著名作家村上春树，以及王朔、苏童、韩东、朱文、李洱等中国作家。

那么，他是怎么做到的呢？

在《关于写作》一文中，卡佛对自我的写作进行了较为深刻的客观分析。他说自己不从事长篇小说写作的原因，主要是因为“注意力难以持久”，但他同时又说，主要是因为“生活不允许他进行长篇小说写作”，他处于社会底层，生存太艰难，他只能写短篇小说，“投入，放下，不拖延，写下一篇”。他像伊萨克·迪内森说过的那样，“每天都会写一点，不抱希望，亦无悲观”。

在《火》中，卡佛谈到亨利·米勒，四十几岁时在一个借来的房间里，努力写作《北回归线》，“他随时可能不得不停笔，因为他坐的椅子有可能被别人从他屁股下面抽走”。而这种状态，正是卡佛生活中的常态，“没有什么能让我们把日子过得比勉强维生更好一点”。他也总是担心，“有人会把我屁股底下的椅子抽走”，以至于让他无法写作。

他的担心并不多余。他时常因为工作无法写作，但只要一有空，哪怕是片刻的时间，他都想方设法地抓住。他曾失业、酗酒、破产，妻离子散、友人背弃，坠入人生谷底，可苦难和失望的前半生，并没有将卡佛彻底击溃。他一次次从支离破碎的生活“废墟”中站立起来，奋力抒写着自己小人物式的生活——那种被长期漠视的——平民的自豪感。

正如村上春树对卡佛的总结：“他不是什么了不起的大人物。写不张扬的小说，作不张扬的诗，自是不张扬的人。”卡佛的写作，如他的生活一般，就是这样徘徊在小人物之间，并最终获得了“极简主义小说大师”这一无形然而不朽的耀眼“勋章”，成为世界文学史上，第一位抒写小人物的“小人物大师”。

晚年的卡佛或许说得上稍微幸运了一些，他的小说和诗歌分别受到了很大程度上的认可，陆续获了好几个大奖，作品开始热卖，他也得以靠写作愉悦地生活下去。

在走向生命尽头之前的最后几年，卡佛邂逅了女诗人加拉赫，两人幸福地生活在一起。他戒烟戒酒，重塑生活，在“第二次生命”的平静氛围中，孕育出大量优秀作品。

据说，直到现在加拉赫还把他的书房保持成原来的样子。卡佛的打字机里还夹着雪白的纸张，好似未来的某日，他会重返人间，敲打下他生前未能写完的直击人心的文字。

古典的流行解读

诸子百家中，庄子是一个重要的代表人物，人们一直把他与圣人孔子放到一起，称他为“神”。

表面上看，庄子一生穷困潦倒，而实际上他比谁都富有；他胸襟坦荡，超然物外，慧眼别具，独善其身，的确很“神”。

但我们看到的这些都只是表象。于丹教授的所谓心得，也不过就是沿袭了一些传统的观点，若论价值，也就起到个解说的作用，说到底不过是一个“中介”。于丹教授眼中的庄子是需要我们去顶礼膜拜的，这与当前的阅读倾向有着某种有预谋的一致，对于传统经典的阅读起着良好的导向作用。然而，仅仅抱着这样的心态来阅读经典是不够的，因为表层的阅读虽然有实际意义，但没有长远意义。若仅仅以口语翻译古典而没有解读出真正的心声，这对于大众来说是消极的，对于热衷文化的读者来说更是一种损失。

阅读首要的是心态，若老以敬畏的心态来阅读，就难以逃脱学究的怪圈。尤其是作为一个写作者，保持什么样的阅读心态至关重要。于丹以一个教授的眼光看庄子（抛开她的一些谬误不说），虽确切但没有什么创建，用吴建雄的话来说，那是“误读”。

当然，这里说的“误读”，还是指作者的心灵接受，它并不指向作品本身。作品本身只是作品，它所传达的信息只能说明这本书有多大的信息容量，而这些与作品的价值并没有多大的关系。一部作品就好像一个容器，容器做得再华美，若没有盛放上好的东西，那它只能是个装饰品。其外金玉，其内败絮，那是一件什么呢？你可以说它是一个“包装盒”，也可以说它是一个“假古董”，但近两年的读者好像多被一些“时尚的外衣”所蒙蔽。

青年作家吴建雄的《人间庄子》，是以一个平常人的眼光来阅读庄子的。他把自己与庄子放在同一个高度上，以一个朋友的身份来与庄子交谈。这就摆脱了我们一直以来所盲从的“望而生畏”式的传统阅读方法。只这一点就难能可贵。是他告诉我们，阅读是交心的过程。而心灵的交流前提是——必须要把彼此放在平等的地位。

《人间庄子》中，作者把庄子彻底“拟人”化了。在这里，庄子不再是一个高不可攀的“神”，相反的，他是一个有血有肉的活生生的人，他也有着火热的情感、炽热的追求。他也有着和普通人一样的基本需求——爱情和信念。

尧杀了亲生的长子，舜流放了同母的兄弟，亲疏之间还有伦常可言吗？商汤逐放夏桀，武王杀死商纣，贵贱之间还有准则可言吗？王季被立为长子，周公杀了两个哥哥，长幼之间还有序列可言吗？不要去做小人做的事情，反寻你自己的天性；不要去做君子所做的事情，或曲或直，顺其自然，随四时变化而消长。或是或非，牢牢掌握循环变化的中枢；独自完成你的心意，跟随大道往返进退。比干被逼剖肚挖心，子胥被挖掉了双眼，这是忠的祸患；直躬出证父亲偷羊，尾生被水淹死，这是信的祸患；鲍焦抱树干枯而死，申生宁可自缢也不申辩委屈，这是廉的毒害；孔子不能为母送终，匡子发誓不见父亲，这是义的过失……

庄子认为，最旺盛的生命其实是一种对死的最急切的期待，更好地生其实是为了更好的死。生与死都是高潮，生的高潮是长期的、断断续续的，偶尔会发掘一些生命的精彩；而死的高潮则是短暂的、急速的，是一瞬间的放纵。

《逍遥游》里孤独的鲲化身为鹏。鹏目睹天下，看到了《齐物论》所写的景象，不禁感叹：在这般世界人怎样才能活得好好的？于是决绝的庄子就用一篇《养生主》告诉大家，外界凶猛，远不如人心险恶。与《齐物论》里的客观描述相比，《人间世》里的是是非非就是一种人文意象间的斗争了。于是面对混世，便有了《德充符》的自我检讨，有了《大宗师》的主动学习，而鹏这趟旅途的最后归宿便在《应帝王》的升华。

在《人间庄子》里，“鹏”是作为一种亲切的形象贯穿始终的，不论是在迷途中出现指点迷津，还是在绝望里现身巧言相慰，都是那样平等。庄子作为一种居高无上的形象已经太久了，他也累了，也该让他下来了。

最佩服的是作者说庄子的当世是一个行吟诗人，他带着自己的爱情穿行于世间，保持着距离但保存着温暖；来世的庄子是棵“瘦小的树，就活在我们周围，叶片是他眼睛，花瓣是他的嘴唇。冬天，他闭上眼睛，沉沉睡下，做了一个又一个让人心疼的梦；到了春天，他从白马飞行的梦里醒来，看着世人，看着世界。他想说话，但没有风，发不出声音。”它站在黄昏里，山之巅，身体迎着风飞舞……

没有理想，也没有主义

理想主义者总是与他们所处的时代格格不入。或者，也可以说理想主义者因过于自我而无法染指世俗生活，他们的内在过于强大，从而使其肉身显得脆弱。因此，他们往往与同时代沉默的大多数剑拔弩张，比如无为的老庄、猖狂的嵇康、浪漫的李白，比如疯狂的尼采和兰波、垮掉的金斯堡以及单纯的海子和顾城。

理想者，没有主义。

因此把理想当成主义，注定是悲剧的。但这过程充满诱惑。

几乎每位严肃的写作者都是理想主义者。他们不把挫败当成一回事。思想，是理想向现实所做出的反叛——这是代价，也是意义。

因自由而艺术，因艺术而自由

六年前，我是位即将毕业的大学生，有幸参加首届安徽当代艺术双年展。当时，懵懂无知的我并不知艺术为何物，仅仅凭借自己的小小勇气，为挽救一个可爱的小生命第一次高调地付出行动。茫然而奋不顾身——我几乎豁出了全部！尊严、工作……我削发为“僧”，在淮河路步行街乞讨“化缘”。短短两周内，我和我的朋友们为小馨怡筹得八万余元救命钱。

我第一次感觉到，一个人似乎有无限可能，能力并不重要，行动很重要。而伴随着她的意外死亡，我又发现，一个人能做的实在太少。即使离目标仅一步之遥，只要没有到达，就得时刻做好徒劳无获的准备。

很多人可能都还记得，首届安徽当代艺术双年展的主题叫“合肥快跑”。

我不清楚，快跑是否是张源平先生提出来的。2007年，合肥的发展速度要明显低于周边省会城市。道路狭窄、交通拥挤、街道破落，文学与艺术还不配谈什么生态问题……大量的城中村，大量的基础设施在建设，大量的灰尘，大量小商贩在路边摆摊经营，他们面露惶恐之色，对随时会神秘降临的城管心存惧怕。“快跑”，无疑十分符合当时的语境。

三年前，我的身份如下：自由作家、黄震工作室成员、黄桥民工子弟学校校长。在我和我的志愿者团队感到力不从心之时，艺术家们悄悄地把援手向我伸来。我们一起做起第二届合肥当代艺术双年展。当年的关键主题叫“黄桥幸福计划”，附属主题叫“幸福合肥”。这次除了张源平，谢泽、刘榕两位先生也积极参与了策展。

我固执地认为，牛气的艺术家天生就是牛气的艺术家，他们的敏锐与生俱来，他们的反抗深入骨髓，他们的自我意识也必须超乎常人。他们隐藏在尘埃之中，反复把手伸进黑洞，捕捉临界状态下发出微光的暗物质。

他们一把抓住了引力巨大的磁场！

所以，当他们喊出“快跑”，这个城市就阔步向前；尽管在一些小道上，有贫穷而惊恐的身影卑微地掠过，尖锐或微弱地呐喊传递着富有歧义的信号。当他们喊出“幸福合肥”，合肥很快就位居“中国城市幸福指数第一”，成为“最幸福的城市”；尽管，这里面可能有些水分。

作为合肥大部分艺术活动的参与者，我也无法忽视一些艺术的见证：“黄桥幸福计划”在一片推土机的轰鸣声中破灭，一些本来就不幸的人，侥幸幸福，或变得更加不幸，一群打出V字手势的艺术家，并没有幸福起来……

快跑也好，幸福也罢，都是生存和生活的形态，它们离艺术的本质本来就很遥远。我们与生活或群众谈艺术，实际上是在侮辱和隔离艺术。

艺术是自觉的过程，是不断回首胆战心惊地巡视魔鬼的过程。

现在回过头来，我们会发现很多城市都面临巨大的问题。过于放纵生活的需求，忽视艺术的诗意的探寻，将导致城市在命题原初状态下就面临失败。城市规模与个人物质欲望的急速膨胀，保守与开放的对峙……这些矛盾的根源，几乎都在于——我们，太快了。

我们几乎都来不及思考与反思……是的，我们不能再无休止地不顾一切地快下去了，我们需要慢下来。

慢，是接近理想生活速度和节奏的日常表现，更是艺术家苦心经营的立体化和多样性随意拉长的时间；慢，是用心的过程。慢，才可能摆脱惯性与束缚，迅速回转与重新选择，获得最大程度上的自由。

自由，悲剧的诞生之地，苦痛之根，快乐之源。

匈牙利诗人裴多菲曾说，“生命诚可贵，爱情价更高，若为自由故，两者皆可抛。”文学与艺术的存在，无疑与自由情同呼吸。甚至可以说，自由是一切艺术存在之前提。人类历史上伟大的文学艺术作品，要么着力于阐述、表现、反思和追索自由（生命、生活、情感、信仰等），要么就是自由本身。所以，人们说“不自由，毋宁死。”一个伟大的城市，必然是兼容与包容的城市，开放、开明与自由的城市，思想活跃的城市，节奏缓慢但富有激情、活力四射的城市。

时光易逝，流水不腐。我们因自由而艺术，我们因艺术而自由。我们活着，或者死去，都必须至少拥有过片刻美好。我们的权利，除了自由生存，更需自由表达。

诗意地栖居，所有的灵魂都曾向往，置身于森林之中，自由行走、呼吸。

你的视线，随嘹亮而光明的斑点缓缓移动，不论你面前是宽敞的大道，还是幽闭的小径，不论你如何做出抉择——请你，慢一点。

自我敞开的方式

黑塞在《艺术家的命运》中，深刻而细致地描绘了“在现实生活中一筹莫展，追求幸福却一再失败的艺术家”。据说，这部自传式的作品并不是他的真实体验，而是“他打算去体验的事情。”《艺术家的命运》里的艺术家，像极了很多中国当代雕塑家，他们孤独、多愁善感、热情中带着冰冷的傲慢，生活屡屡幻灭，却依然试图对抗消极与绝望，天真而积极地为艺术而活。

西方雕塑的历史可能还没有中国雕塑的历史悠久。但在西方，优秀的雕塑工作者很早以前就被称之为“雕塑家”，他们与画家被看成是同一个群体——艺术家。而在中国，雕塑从业者却一直以来仅被当成工匠，社会地位低下程度仅相当于工人。所以，雕塑一直没能进入中国“正统”艺术的门类。直至进入现当代，随着世界当代艺术格局的转变，雕塑作为一种日趋重要的艺术形式，已经不允许再被忽视和忽略，勉强进入主流艺术。可多数人依然习惯固有的“国油版雕”的惯性序列，雕塑虽被列入主要艺术形式，但仍排行末端。

鲁迅曾经对雕塑作过“误判”，他说：“……雕塑，应该（对）崇敬的人物时，一般是以大于常人为原则的。”这个结论显然是谬误的。从概念上来说，雕塑是一种造型艺术，是“为美化城市，或用于纪念意义而雕刻塑造、具有一定寓意、象征或象形的观赏物和纪念物”。雕塑是雕、刻、塑三种创制方法的总称。用各种可塑材料（石膏、树脂、黏土等）或可雕、刻的硬质材料（木材、石头、金属、玻璃钢等），创造出“具有一定空间的可视、可触的艺术形象”，以此反映社会生活、表达艺术家的个人情感、审美感受和艺术理想的艺术。艺术家通过雕（刻），不断减少多余的可雕性物质材料；通过堆增，不断丰富造型，塑造可塑物质性材料，最终达到并完成艺术创作。

据《第三帝国的艺术博物馆》记载，在“林茨特别任务”中遗失和下落不明的一百九十余件艺术品清单中，就有五件以上雕塑作品。可见在当时，雕塑已占据西方艺术收藏品的重要份额。而在中国当代，雕塑仍然是艺术市场中的冷门艺术品。这直接导致古代中国几乎没有叫得上名字的雕塑家，现当代也没能产生像罗丹、贾科梅蒂等那样影响世界的雕塑艺术家。

20 世纪 90 年代，中央美院雕塑系的隋建国和展望成为现代雕塑的最初实践者，“以他们的创作反映了中国的学院写实系统如何经历现代主义的洗礼，进而又如何应对了观念主义的影响”。隋建国早在1989年之前就已经开始雕塑创作。在西方当代艺术思潮的影响下，经过一段时间的探索，他开始进行观念式创作。在创作出《中山装衣钵》等作品之后，他又回到了写实创作，随后又转向装置艺术创作。

展望最为重要的个人创作，是自1996年开始的“假山石”系列。他将“源自西方的现代科技感与东方古老的意象进行了杂糅”。其“假山”并不能替代建造园林的“假山”，但也并非“真山”。艺术家通过不停地复制，在强化“假山石”之“假”的同时，似乎有意地凸显出被日常忽视的自然之“真”。“假山石同它的环境完全不合拍……它置身于城市中，只是作为一个异质性景观而存在，是这个奔波的现代社会的一个剩余物。”

黄震是学院系统外的一位独立艺术家。早在1996年，年轻的雕塑艺术家黄震凭青岛五四广场大型主题雕塑“五月的风”一举成名。“五月的风”是中国第一件真正意义上的抽象雕塑公共艺术作品，已进入艺术史以及诸多版本大中学教科书。黄震在进行城市景观雕塑创作的同时，把大部分精力投身于架上雕塑作品的创作，自20世纪90年代后期开始，深受贾科梅蒂、博伊斯等影响的他，先后进行过诸多艺术形式和材料的探索，除了绘画、装置、行为艺术创作，他的雕塑创作主要着力于个体意志和隐秘心灵的呈现，《等待夏娃》《勇士》等作品充满了青春和生命的张力；《屈原》《陶潜醉酒》《荒原》等作品，与古人展开对话，在形象与情绪的把握上，娴熟而智慧，有超凡脱俗的境界。

从2001年起，史金淞通过不断地创作与思考树立了鲜明的立场。除了一些装置作品和方案艺术作品，史金淞先后创作了《婴儿车》《哈克龙》《现代刑具》等多件震撼人心的现代雕塑，这些糅合了装置艺术和工具性消费商品特征的雕塑作品，以不锈钢冰冷、尖锐、锋利的金属性以及充满权力和暴力欲望的冷兵器，深刻揭示了强大的消费主义时代所面临的深层危机——“讽喻了我们以老旧不堪的现实机制对现代生活进行狂想症般的拥抱”。

女雕塑家向京“以身体说话”的创作引人注目。向京的《你的身体》《白色的处女》《寂静的中心》等雕塑作品，企图以“自我敞开的方式达到一个自我封闭的极点”。她以杰出的写实技巧，“结合了透视人物内心世界的能力，以具有文学叙事性或戏剧化的氛围，塑造了一系列令人难忘的女性形象。”

此外，李向群、杨剑平、李占洋、梁硕等艺术家一直坚持雕塑作品创作，均形成了自己独特的风格。

纵观之，当代艺术家中的优秀雕塑家，进入艺术收藏和拍卖市场的极其稀少。这使得大多数雕塑艺术家，无法依靠单纯自由的“架上创作”兑现生存价值，而不得不寻求心灵创作之外的世俗空间，谋取现实利益。这些被忽视的“造型工厂”，相对于他们所取得的令人瞩目的成就而言，所受到的关注和回馈实在微不足道，有的已几近“停产”，这对本就混乱、脆弱的中国雕塑艺术现状来说，无疑雪上加霜。

现实的处境尤其尴尬。一方面，近年来很多知名的雕塑艺术家已被或正被资本和权力捆绑，主要精力都用来投身创作“命题作文”式的城市雕塑，在服从“公共艺术”的服务意识和权力趣味上费尽心机，从而极大地磨损甚至消耗自身的艺术创造力。同时，大多数青年雕塑艺术家，也正朝着这条极度恶劣的名利之路奔驰而去，在他们还没能打牢“根基”以展现自己的艺术才华之前，就率先自我阉割敏锐的锋芒，变成平庸的“抄袭者”和“复制者”。雕塑艺术家如何摆脱看得见的“既得利益”的束缚，寻求更自由的姿态，直面自己的内心世界和精神世界，创作出自我认可和社会认同的作品——这个摆在雕塑家面前的疑问，除了艺术家自己，恐无人可以作答。

参考文献：

[1] 赫尔曼·黑塞．艺术家的命运 [M]. 上海：生活·读书·新知三联书店，2013

[2] 在现代中国的孔夫子 [M]// 鲁迅．且介亭杂文二集．北京：人民文学出版社，2006

[3] 哈恩斯－克里斯蒂安·罗尔．第三帝国的艺术博物馆：希特勒与“林茨特别任务” [M]. 上海：生活·读书·新知三联书店，2009

[4] 朱朱．灰色的狂欢节：2000 年以来的中国当代艺术 [M]. 广西：

广西师范大学出版社，2013

［5］汪民安．形象工厂．南京：南京大学出版社，2009

［6］朱朱．灰色的狂欢节：2000年以来的中国当代艺术．广西：广西师范大学出版社，2013

形成它们，一点也不败坏它们

我首先想到的，是“鬼”。

在中国乡间，鬼与神被天然联系在一起，成为虚幻而未知的敬畏对象。古代思想史学者们常将“宗教”与“鬼神观”兼而谈之，大抵正因如此。乡野的广袤与隐逸以及由其诞生的无数幻象，使人们百思不得其解，从而产生敬慕与膜拜之情。文人多热爱自然，常有隐逸之心，愿得陋室山水间，孤独浊酒，与清风谈，皆因慕其神秘与悠远；即使远走他乡，客居繁华之地，也无法消除其对于简单、质朴生活的向往和眷恋。

所以，鬼，不单纯只有厉鬼、恶鬼、苦鬼，也有温良和善之鬼、欢乐之鬼、庇护之鬼。木鬼，当然属于后者。煽情的抒情诗人常寄情于草木，尤擅长虚构家乡村口场景：“……那棵老槐树下，多少故事与身影。”如此场景似真似幻，真伪难辨，但情感尚且真实。而我所居住的乡村，依山而不傍水，山岚跌宕起伏，并无所谓村口，家门前也无大槐矗立。田埂上的几株小槐，周身布满利刺，常刺痛人于不经意的松懈间，我对之并无好印象。

记忆中古老的槐树，散落于马路旁、塘埂边或沟壑里，逢春万花齐放，风拂过，不计其数的雪白的槐花在枝头乱颤，香气四溢。目之所见之槐，树身造型奇异，弯弯曲曲，忸怩作态，黝黑枝干直刺苍穹，悲怆而苍凉。偶有树心被蛀空者，蝼蚁奔忙其间，不舍昼夜；其诡异之象，令人浮想联翩。

以上基本概括了我对艺术家木鬼的印象（包括猜测、想象）。温润、和善、欢乐、真诚，貌似豪爽、放荡不羁，实则内心谦逊、倔强、温暖、孤独。我曾观察过他一个人处于短暂的沉思状态，目光中有冬日古槐之庄重、挺拔、坚韧与苍凉。

近些年，我几乎不率先提出问题了。问题太多，就摆在那儿好了。所以，我只揣测，木鬼为何取此名？“宦栋槐”为其本名，槐分二，为木为鬼；木鬼合，而为槐。木为肉身，鬼为精魂；近视之，灵与肉分离，各呈其象；远观之，灵与肉合二为一，不可分割。近者所见，只为人之庸常；远观之象，方为艺术家虚实内在。

这种对于艺术家人格构成的揣测，带有荣格的性格分析和罗兰巴特的解构主义色彩。我以为也并不虚妄。翻看木鬼的画作以及在他的朋友和一些批评家的描述与论述，你会发现，事实就是如此。

“艺术家首先要变成非人的一些人。他们艰难地寻觅非人性的踪迹。在大自然任何一处都遇不到的踪迹。”木鬼的“纠缠”系列（我们可以称之为“实验水墨”）正是阿波利奈尔对艺术家做出苛刻到几乎“变态”要求的“非人”与“非人性”的作品。“纠缠”系列的大多数作品，诸如《启》《城市交响乐》《梆》《吊》《映》《局》等，艺术家以前所未有的富有实验性的大胆水墨语言，将汽车、轮胎、高楼、乐器、人、烟囱、下水管道、扑克牌等扭曲、变形，以夸张的色彩，赋予作品阴森、恐怖、荒诞的超现实主义气质。这些作品散发出一股邪恶的诡异之气，将工业化社会野蛮、强大的进程与置身其中无法逃脱与回避的脆弱、无力个体，巧妙而紧密地纠缠在一起——牵引着它们的是冷漠、野蛮、无所不摧和让人颤抖的、无比真实的现实生活“暴力”。

木鬼在 20 世纪 90 年代就有如此惊人的前卫意识，让人惊叹。“纠缠”系列是当代艺术（史）进程中重要的水墨文本，是一批实验水墨杰作。该时期的艺术家直击现实，而不拘泥于现实；充满幻想，而不沉溺于幻想。这是艺术家创作的“鬼”时期——彼时的艺术家，大胆、前卫、无畏、放肆，语不惊人死不休。他咬牙切齿，浑身穴位插满钢针，虽手无寸铁，但肌肉发达，青筋暴起；他目光坚毅，身体呈圆弧状弯曲，绷紧如弓，仿佛随时会将自己愤怒的脑袋当利箭射出去。

当然，木鬼在创作上绝不仅仅拥有前卫、先锋的突围意识，有些时候，他有意祛除了自身疯狂的“鬼气”，而将心灵净化至植物般纯净的“木质”状态，仿若一头优雅踱步的老牛，吃着沾满露珠的嫩草，精心养育着绘画的“食草家族”。他于1992年创作的《老墙》、1993年创作的《清音》、1994年创作的《嫁》、1995年创作的《人体默写》等，都竭力呈现“食草”般恬静而神秘的心灵空间图景。

在“木”与“鬼”之间构成的这种艺术风格的徘徊、往复与循环，是艺术家某种精神与情感的选择。艺术家因破坏现实的需要，而保持某种精神的强度，这种张力在遭遇心灵旅行中的柔软之时，就会暂时放下对立，并向心灵中的美妙部分妥协——“最重要的事就是要善于选择，以便形成它们，而一点也不败坏它们；然而假若我们从来就不曾形成过或者败坏过它们的话，那也就无从做出选择……能摆脱这个循环的人就幸福了。”

摆脱精神与情感的循环之后，貌似幸福的艺术家开始回归到“人”的层面。此时的木鬼，如一位“庸常生活的抒情诗人”。从《儿时梦》《浴吃》到《格斗》以及《偶》《童年》《同床异梦》《夜在汽车里也飘》等，这些作品着力展现艺术家的个人生活和记忆情景，画面中的个人体验，有时间和青春的悄然流逝以及梦想的矛盾、尖锐、遥远与飘浮。

真正的幸福，来自幻想、假借、意淫式的愉悦。

木鬼2000年以后的作品，则多具有虚幻的自在和洒脱之感。在看似不羁的肆意表达中，飘散出神性的自在光芒。诸如《鱼》《山居图》《垂钓图》《秋后》《山泉林下》《非佛非仙人出奇 半痴半傻画更好》《一壶浊酒喜相逢》《锦鳞出渊》等，以及一些小品，不论是抒写世间万象、人情冷暖，还是描摹灵魂的练达、孤傲与超脱，均洋溢着传统文人画中想象的“仙气”。

纵观木鬼的创作生涯，其路径大致可总结如下：鬼一木一人一神。其间，有摇摆与反复、跳跃与错置、坚守与重构……间或也有细微变化，如《喝酒是种状态》等作品的自嘲、反讽或调侃，但并没有对其创作的“动脉”构成大的影响。这其间，创作风格的树立、徘徊、反复、挣扎与转变，虽全非艺术家个人所左右，但其转折所带来的欢悦与痛苦、收获与失损，唯艺术家自我知晓。

“成仙”后的艺术家，仿佛回到了古典水墨的山水与禅意中，“在无形与有形的屏障中自由穿行”，自得其乐，冷暖自知。

此时的木鬼，正以他的鬼斧神工，精心雕琢被蝼蚁啄食日益枯朽的槐木，并最终将其打造成一叶精巧的扁舟。这艘灵与肉之舟，早已在汹涌的人海中起锚，载“鬼”向远方，波澜不惊，入无人之境。

参考文献:

[1] 阿波利奈尔，李玉民译 . 阿波利奈尔论艺术 [M]. 上海：上海人民出版社，2008

[2] 帕斯卡尔 . 思想录 [M]. 上海：上海人民出版社，2007

[3] 李黎阳 . 历史真实与艺术本质：西方现代艺术评述 [M]. 北京：金城出版社，2013

他们的幽灵还没有稳定下来

今天的世界，除了少许角落仍处于专制、极端政权的阴影之下，大多数人已不再因“政治对人类文明的干预、伤害和破坏”而提心吊胆。但处于“饱暖”状态中的人类，正面临新的危机，越来越多的人，被急速膨胀的物质主义和消费主义裹挟，虚假的慈悲替代了率真的善良，“娱乐至死”的享乐主义正在逐步侵蚀和消解干净、清醒、庄严的灵魂，感官刺激替代了精神愉悦，越来越多的人变得自私、冷漠、盲目、功利、粗暴——他们悄悄删除了自己的记忆。

所以，我将榆木先生的展览主题，命名为“捍卫记忆”。

捍卫记忆，就是敢于面对个体的悲喜和苦难，拒绝遗忘。

然而，这对于艺术家来说，还远远不够。艺术家必须还要呈现记忆，将内心中最柔软的部分，放置于现实社会锋利的刀山之中，即使被刺痛，仍要竭力守护。那些残缺不全和千疮百孔，存在于画面平静的空白和微妙的缝隙之中，供人触摸、遐想。

艺术家还必须将心灵中的真实和盘托出，不计得失，不计后果。

榆木先生正为此努力。比如，他如此以绘画的方式呈现自己逝世的父亲：

幼时的生活场景在眼前一幕幕铺开，恍若隔世。

一个新鲜生命诞生于世，那一声啼哭，对于刚刚经历阵痛声嘶力竭的母亲来说，是极大的安慰。此时站在一旁，心急如焚的父亲，面对着自己的妻儿，沉浸在漫无边际的幸福之中。

父亲看着我们，笑得合不拢嘴，他伸出手来，轻轻地摸摸我们的脸蛋，他不敢抱起我们……他欣喜、兴奋，又手足无措。

“你的降临是父亲幸福而甜蜜的负担。”接下来的日子，父亲将面临极大的辛劳。他将肩负更大的责任，他得拼命，挣钱，养家糊口，他得竭尽所能，让自己的家人过得更好。

他不理解我们。我们想挣脱他，离他远去。他孤独、困惑，他压制着自己的愤怒，站在我们看不见的身后。

有一个人，他点燃生命照亮别人，自己却无取暖之火。

他就是父亲——第一个为我们点燃生命之火的人——如同所有的母亲，他们在耗尽生命之前，奉尽自己的所有；有一天，他们孤独地离去，留下我们这群不肖子孙，惭愧地，活在人间。

然后，这种惭愧将在我们以及我们的后代身上不断延续——构成人类最无私最彻底的爱。

这就是榆木先生所极力呈现给我们的记忆。他的绘画如他的人一般，单纯、天真、敦厚、老实，不紧不慢，娓娓道来，谦逊、温柔、细致又敏感。

这种正被我们日益忽略的，看似日常琐碎的记忆——它是个人的，也是集体的；它是温暖的，又是苦痛的；它是卑微的，又是高尚的；它是轻盈的，又是沉重的；它是消逝远去的，又是时刻会浮现在眼前的。

四十多年过去了，我们今天所要捍卫的记忆，不再如苏联时期的莉季娅那般尖锐、惨痛和声嘶力竭，也无需付出那般代价。但任何直面自我的创作行动，又何尝不需要勇气和信念？

榆木先生不是那种能言善辩的人，他不世故，无心机，憨态可掬，庞大身躯绵软如一堆棉花，但里面藏有细针，时不时刺你一下。这是他唯一的尖锐，他只在独自一人之时，悄悄地反抗——他自己。

这种反抗，是我们共同的反抗，它时刻压迫着我们。

正如，让·波德里亚在《冷记忆：1980-1985》中写道：

“有一些事物是人们不能再说的，或者说还不能再说他们。他们的幽灵还没有稳定下来。”

这种捍卫，是我们共同的捍卫，它时刻警醒着我们。

“还有一些其他的事物人们还不能说，或者说已不能再说，因为他们的幽灵已经在大街小巷游荡。”

无数夜晚，我们在噪杂或安静中交谈，嬉笑或争论，沉默或高歌，忧虑或憧憬——这个世界会好吗？

（此为写于 2015 年春，原名《捍卫记忆》，是为榆木先生漫画巡展策展前言）

我们就这样格格不入

有人庸俗透顶，有人天生媚骨。

他们都是我要警惕和远离的。

那些整日高歌“我们不一样”的，恰恰都是些雷同的无聊的生命。

越来越多的朋友滑进浮华虚荣，并且什么也未能获得。

原本与众不同的气质逐渐丧失殆尽。

他们认为，作品不重要，微小的物质和权力就可以改变一切，严肃的创造变得毫无意义，完美的人格不再是我们企图靠近的信仰……

悲剧正加深我们对彼此的误解。

昔日深情的手足日益陌生，形同陌路。

我们就这样格格不入。

我不知道该如何化解这些矛盾。

让我们仍像以前那样亲密、那样禁欲。

等于零

母亲在玉米林里寻找嫩绿纤长的豆角，像寻找她失散多年的儿女。风湿病折磨了她整整十年。

这些年，她从未放弃，她的苦。她总是行色匆匆，寻寻觅觅。从未有过消息，不会有奇迹。

这是最后一次了、最后一次……她总是如此低语。但在生命熄灭之前，她不会说话算话决意停止，她不会。她不相信，她永远不会相信，渺茫的希望等于零，爱等于零。

春天兰花开了，你为什么，还不回来？夏天雷雨来了，你为什么，还不回来？

秋天柿子红了，你为什么，还不回来？冬天雪花飘了，你为什么，还不回来？

说好的收获呢？每个艰难的时刻，为什么只剩瘪谷和空壳？难道从来就没有种植？

我开始怀疑自己：只是一个荒谬的结论。我是一个问题。

那么，到底是谁……提出了这个问题？

我是她们精心制造的一枚苦果。我要用尽我们世世代代的苦水，

以赞美白云素洁而空洞的柔情，去浇灌；耗尽前世今生，寻找

雪花坠落的枝头，以稻草压迫下的单一麦芽之力，

用尽一生一世，去酿造……徒劳而无畏。

饮下这人世最后一杯苦酒，纵身跳进沸腾的苦海。

孕育悲伤和欢乐的美酒啊！让理性归于狂乱的源泉，在真理缜密的逻辑中奔涌。

我们随身携带着故国，强盛时期的经典悲剧，在秋风中独饮，在冬雪里对饮。

再往祖先坟前的火纸堆上，浇三杯酒吧！你看，这蓝色火焰……苦酒慰藉的鬼魂。

这无法复述之爱。若能在消散前被记忆，说明此生，我们还没有白来。

我们多么渴望，彼此身体里的雨水。春分后，枯枝的欲望，被点燃、被滋润、被满足。

朽木饱满的萌芽，催生出崭新的绿叶。紧随其后的黄昏，落日一样空寂。

一切人性的……觉醒和动摇，等于零。

每时每刻都在溃散啊
我不安的宁静的灵魂
每时每刻都在衰老啊
我寂寞的喧嚣的生命

庙宇上空庄严的银杏，正被钟声震落黄金。僧侣口中吟诵出的经文，呼应着古老的共振。

秋天来了……为什么你还不来？说好的幸福生活呢？说好的……圆满呢？辉煌呢？

信仰呢？为何只剩下满地无人问津的苦果？无尽美好时光中，注定的结果。

这就是宿命呀
这就是轮回呀

这就是稻草呀

这就是血泪呀

然而，并没有人真正同情你、怜悯你、拯救你……如果没有足够的苦水，滋养我们苍白的心灵，那些悠久的创伤，唯有靠颜色才能抚平。所有的反抗、斗争、经验、教训，所有的劳力劳心……等于零

第二辑

chapter 2

评与论

对钥匙与锁孔迷恋

最早知道宇向是偶然间浏览《今天》论坛，发现有个个人作品讨论的子版块，除了余怒、陈先发、蓝蓝、桑克、杨典、潘维等，就是宇向了。那时，我对这个名字并不是很熟悉，她大概是《今天》为其开专栏作品讨论的最年轻的诗人。

去年，《天南》杂志主编欧宁来合肥讲学，一次饭聚，聊起诗歌，她说正准备推出一组宇向的诗。

当然，这些都不能说明什么。有两点必须直视的是:《天南》从不发垃圾诗;《今天》没推过烂诗人。

我还是被宇向的作品所吸引。她的诗歌语言极其简单，而诸多情境更是简单到你无法相信，我甚至开始怀疑文学的繁复与浩瀚。有人将其与王小妮相提并论，认为她是70后诗人中的“王小妮”。

宇向在《钥匙在锁孔里扭》一诗中，以单调的回旋式复述，将生活中单调乏味的常态做了直奔本质的雕刻。关闭，上锁，进入，扭动，打开，或不打开，抑或打不开。我们的生命也不过如此。这个“扭”字，极富诗意和情色意味，只要通畅就好。

这首诗与她的另一首诗《阳光照在需要它的地方》有异曲同工之妙。

附录

钥匙在锁孔里扭

宇向

锁门时，向右转三圈
开门时，反过来转三圈
下班回家我开一次门
倒垃圾开一次
拿牛奶开一次
马桶堵了，开一次门
一个人来了开一次
一个人走了开一次
到楼下哭，开一次门

天黑以后去见一个男人

我又开了一次门

……

这些不能说明我忙碌、忧伤或多情

你知道的，你知道

我只不过喜欢平常的生活喜欢通畅的感受

喜欢钥匙在锁孔里扭

生与死的对立和宽恕

清明，这个寄托哀思的中国传统节日，容易引发太多人的悲情之思。老巢却将对象设定为自己，以在场者的身份客观对待自己，设想“多年后的清明当我已不在人间”。

这首诗中，他既是主体，也是客体，即是众多悲伤者中的一员，又是悲伤者本身。将隐藏在喧嚣中个体的寂静和集体的悠远，鲜活地呈现。“我爱人还在，她已宽恕我生前 / 所有的荒唐只剩下对我的想”，宽恕我生前所有荒唐的爱人还在，可我已不在，我如何抚慰她对我的“想”？这个“想”字，伤感至极！

她只有用乡音对“每一片树叶”讲“我的故事”。满山遍野的植物，忠实地延续着诗人的念想，酒肉朋友们赶来背诵“我”的诗篇，可“我”已不在人间。“我”已经和逝去的亲人们在一起，他们连续几天看见我哭泣、悲伤、忏悔——生者和死者都无法回避又无法解决的疼痛！

而他们的失落不仅仅是因为无法给诗人安慰，更是因为今年诗人“没能回去给他们上坟”。清明这一天没能见到数年如一日回去探望他们的诗人，他们是否很伤心？想到这儿，诗人迅速回到现实中，“此刻写的每一个字都从泪水里泡过”，这虚构的“死亡”所带来的伤感，并不大于现实中距离造成的空间与隔膜。假若，多年后的清明，自己真的已不在人间，又会如何？

附:

多年后的清明当我已不在人间

老巢

我爱人还在，她已宽恕我生前
所有的荒唐只剩下对我的想
她用乡音给每一片树叶讲我的故事
我的后代漫山遍野，春风吹又生
与我擦肩的岁月我相片前伫立
酒肉朋友们冒雨赶来背诵我的诗篇
多年后的清明当我已不在人间

和我今天所追思的亲人们在一起
和爷爷奶奶外公外婆老祖宗们在一起
他们现在天上，那样看着我
看见一连几天我醒来时的泣不成声
知道我今年不能回去给他们上坟
知道我此刻写的每一个字都从泪水里
泡过，像一滴滴雨挂在半空中
多年后的清明，老巢已不在人间

与汗水有关的抒情

我其实不大喜欢抒情诗，少年时读普希金、雪莱、汪国真和新月派，之后中了抒情的毒，浪费了很多青春盲目抒情，很让人讨厌。但阿洋与汗水有关的一组抒情诗，我却很喜欢。

这些诗手法不高明，从语言的角度来说，它们甚至有不少缺陷，或者说，也算不上好诗，但并不妨碍我偏爱。因为，它们真诚。这些“能见度”很高的诗，与很多精于玩意象的诗同样耐人寻味。

从安徽文艺出版社出版的诗集《亲爱的汗水》中可以知晓，诗人阿洋有些年一直跟他的爱人经营一个车间，从事类似车床加工零部件的工作。他们整日在车间劳作，枯燥、无聊、辛苦，但她却发现了呆板的日常秩序中，蕴含着令人艳羡的诗意和情感。

她的经历，与我的朋友女诗人郑小琼相似。不同的是，小琼书写的是生活的沉痛和悲凉，阿洋写的是生活的“轻”。

她从身上奔涌的汗水中，看到了亮晶晶的米粒，看到了草原上成群结队的牛羊。她称呼汗水为亲爱的。她在鼓噪的车间里呼喊爱人的名字，爱人埋首工作，没顾及回应。她这样写：你今天不抬眼看我，是为了积攒时间，在未来多看我几眼。

她善解人意的诗句，呈现出她诗人与生活所达成的高度默契。乐于愤怒和抱怨的人，读读阿洋，更健康。

附：

亲爱的汗水

阿洋

打开身体
我看到
那些亮晶晶的米粒
蜂拥而热烈
那些通往富足最常见的样色和态势
遍布身心天地
那种微妙
透爽的感觉

闪着泥土的光芒

亲爱的汗水

你是我血液升华后的激情与快慰

你是我青涩脱壳后金黄的按钮

你是羸弱诗句中古铜的感叹

你是我人生斑斑锈渍的抛光机

你是我未来青青草原上

成群结队撒着欢的牛羊

审丑意识

小沈阳火了！

两年前，自从我看过他在一家卫视的表演之后，我就预感，此人一年内必火。但令我失望的是，他的成名时间推迟了整整一年。

当年，他扮演的也是男不男女不女的形象，穿着夸张，行为举止荒诞，言语间时常贬低自己，自嘲的同时也达到了哗众的效果。

其实，小沈阳在春晚中和本山大叔搭档表演的《不差钱》很一般，相对于他自己来说，没有什么出位和超越的地方。今年他那貌似很哲学的抢白也没有他两年前的那句令人笑痛肚皮的“这是为什么呢？这到底是为什么呢”来得阴阳怪气、来得出其不意、来得痛快淋漓。其次，他的穿着与两年前的表演相比也没什么突破——都是裙子，只不过今年的裙子多了条腿。

还有，他那段自嘲长相丑陋说别人以为自己是猴的小故事已经在他多个作品中重复表演，缺乏新鲜感。

尽管小沈阳的表演有这么多不尽如人意的地方，但他今年还是火了。遍地开花的新闻让他不想“燃火自焚”也被“纵火烧红”。这是为什么呢？这到底是为什么呢？

探其究竟，我想主要有三个原因：

第一，以前小沈阳的表演尽管精彩，但他的舞台不够大，也就是说，以前他没有足够施展的舞台，只能在地方台甚至小酒吧里表演，受众面很有限。如今，他凭借央视这个有着数亿万观众的舞台，另加师傅本山大叔的提携，有理由不红吗？

第二，个性和实力。实力自不必说。个性就是他的特殊形象。以前男扮女的有，女扮男的也有，但不男不女的，还真没有。

第三，大众的审美已经开始彻底疲劳。

几年前涌现了一大批网络红人，比如芙蓉姐姐、二月丫头、流氓燕等，虽然走的也是也是自嘲以哗众的路线，但网络毕竟是网络，由于其受众面的相对狭窄，使得他们的知名度只能停留在知识分子间，而很难走进寻常巷陌百姓的内心。无论从文学艺术作品，还是电视、电影作品，近年来作品的内容已逐渐偏向于个人隐私的挖掘和猎奇经验的呈视，生活节奏的加快使得人们的审美开始彻底疲劳，甚至失去了审美的能力，审丑将逐渐代替审美，成为大众精神生活最为重要的娱乐元素。

摇不摇滚

大学期间曾经读过哥们儿的《草样年华》，除了内容的搞笑之外，我还找到了我们的一个共同点——热爱摇滚，于是我就对这个哥们儿产生了不同寻常的好感。

在我的一帮搞摇滚的兄弟们看来，一般热爱摇滚的人都很真实、很单纯、很好相处。我有个好兄弟甚至说过这样一句话：在中国，我只要遇到喜欢摇滚的，就感觉很亲切，因为摇滚能让我们清醒和善良。我一直也深信不疑。当然，这是有原因的，我第一次去北京的时候，一个我从来没见过的哥们儿对我非常好。他家住在呼家楼。说起来他也算是一个传奇人物——高中的时候就自己开了家网吧，那时候电脑还刚刚漂洋过海，一般的城市，比如合肥还没有网吧。后来他的网吧发生了爆炸案，数十学生死伤，惊动中南海，制造了超级大新闻。但那哥们儿不但毫发无伤，还狂赚了一笔钱。因为他在网吧爆炸的前两天有了不祥的预感，于是就把网吧给转了出去。所以他也很

“遗憾”地错过了成为新闻焦点人物的机会。那哥们儿带我海吃海玩，待我如同手足，在一家饺子馆，因为我多瞟了那几个流氓一眼，他还被人用啤酒瓶砸破了头……这一切的一切仅仅是因为我们都喜欢许巍。

几天前，长江文艺的那个美女就打电话跟我说，孙睿要来合肥参加安徽电视台的新安大讲堂，问我有没有时间过去，我想都没想就同意了。昨晚在一家咖啡馆见到孙睿，然后就开始聊天，聊得最多的除了小说就是音乐。他说他在大学的时候玩过乐队，做过吉他手和鼓手，他还是一如既往地喜欢许巍。尽管现在的许巍已经不那么摇滚而已经流行，我们都知道他的改变是因为生活。生活会让你得到许多，也会让你失去许多。像孙睿在《草样年华》里写的，那个因为老板叫他唱流行歌曲就愤怒地拂袖而去的摇滚少年只存在于我们衣食无忧的荷尔蒙期，一些看似高贵的冲动随着时间的推移很可能会变成恶心的理智——尽管这份理智来得做作、来得极不情愿。

很不好意思地说，《我是你儿子》这本书我至今还没读过。当我问孙睿这本书与以往相比有什么区别和突破的时候，他轻轻地问我读过这本书没有。我如实地说没读过。其实我很想读读这本书，但一直没有时间，我也没有在网上看书的习惯。但他接下来还是很认真地给我介绍了这本书，他说这是一本写父子关系的紧张冲突与和解的书，与以往的作品相比，它偏重于文学性，也就是说有点转向纯文学。可能没有以前写得那么搞笑、那么好看，并可能会因此对该书的市场产生影响。他说他现在正处于一个不上不下的中间阶段，既没有脱离掉青春题材，又达不到那个更高的层次，很郁闷，也很无奈……

这我能理解。事实上现在许多搞写作的哥们儿都在不停地努力着，但这毕竟需要一个过程。孙睿说他以前很少看文学类图书，只是快毕业的时候偶尔看了王朔的书，看过之后发现小说原来可以这样写，不就是写身边的事情吗，然后就萌发了写作记录身边事情的冲动。毕业之后没什么事儿就写了自己的大学生活，这就是后来引起轰动的《草样年华》系列。

然后在一块儿吃饭、喝酒。我喝酒不怎么样，但还是使劲地喝了许多，加上中途美女潘萌又来了，喝了几乎一瓶，老邢不知是咋的了，也没喝多少，发挥失常呀。后来，小兵和小邪他们也来了，在孙睿的房间里坐了会儿。宾馆的配置很是齐全，我还在那个日用品台架上发现了“神油”，这东西不知道哥们儿今晚跟谁用去，哈哈。

回去的路上，出租车摇摇晃晃的，头有点发晕，差点吐了……

回头得买一本《我是你儿子》，算是支持，一般的兄弟们出书了我都会去新华书店买一本，送的归送的，和自己掏钱买感觉还是两回事儿。当然，哥们儿昨晚没有给我们送一本他的《我是你儿子》，可能是他太爱这个“儿子”了，但最大的可能是他只带了一本——那一本送给了电视台的编导。

以后，假若有机会，我非常乐意跟这个率真的哥们儿合作。我喜欢这样的人，包括他写的书。

无地自容

我有一种感觉，很要命，自己越来越向一个俗人靠拢。

我发觉现在所有的生活（方式）都是原来自己所不屑的，无聊、无奈、琐碎、肮脏、虚伪、挣扎……这些都是自己所痛恨的……

庞勇那天晚上对我说："我发现你越来越俗了。"

我说："你说的很对！"

他又说："你其实一直都很俗。"

我想了半天，很无奈地说："你说的真——对。"

说过这些之后，我觉得前所未有的空虚。实际上我本来不想承认，我之所以承认是因为我不想做什么争辩了，我很累……

接下来，我们进行了一场关于"俗"与"土"的讨论。

大概的结论是：农村的人“土”，城里的人“俗”。

俗是一种势利，农民也势利，但通常他们都不知道该怎么势利，甚至可以说：他们连势利的权利都没有了。现在农民大量进城，他们带着一身土气融入市民生活，他们的理想是：在城里买房子，成为正正当当的小市民——所以他们的目标就是怎么由“土”转化为“俗”，“俗”是“土”的最高境界，“俗”虽没有“土”那样质朴，但看起来比较体面。

广大的来自农村的学子们，包括我，都在朝“俗”垂涎三尺啊！

但这不是我想要的生活，不是说我在维护着农民（以及他们子女）的什么尊严，也并非我对市民有着什么偏见，我只是觉得自己在不停地退化，变成一个人不人鬼不鬼的“怪胎”。

我这样说也许耸人听闻了点 。

想起里尔克，

你所说的所谓自由，

只存在于正在消逝的地方。

温暖和百感交集的旅程

我清楚地记得在我第一次读外国名著的时候一度犹豫彷徨。那天，我的语文老师破天荒第一次递给我两本名著——《母亲》和《我的大学》。他老人家面带诡异，语重心长地对我说："多余呀，我发现你是块搞文学的料，老师今天送你两本好书，是俄国著名作家高尔基先生写的，你得好好地读它们……"

这可是老师对我的第一次关照，还送了如此贵重的礼物，我当时的那股激动劲儿就甭提了。我只是一个劲儿地点头，把世界上最好听的话都抖出来给他听。我真想再唱支歌给他听，可惜的是，我虽身在大别山区，但我们那儿不但物质生活匮乏，连精神生活也匮乏——连首山歌都没有。正当我为着自己出生在金寨愤愤不平时，我的老师拍了下我的头，说："小子，书读完了赶快还给我！"

那天晚上，我抱着高尔基的两本巨著犹豫不决，该先看哪一本呢？思前想后，这可都是名著啊，都是人民智慧的结晶啊！想了半天，最后我毅然决定先看《我的大学》，大学是什么呢？那可是我理想的天堂，是老师和父母一天起码要重复数十遍的词汇，只不过他们往往都会在这两个字前面加上个“考”字。若颠倒一下，那就是：考，大学。若将第一个字变成下声，那就是：靠，大学！我想这样的语言色彩或许更符合当下大学毕业生的心情。

当年捧着《我的大学》，我感到惴惴不安，心有余悸。它应该算是一部厚重的作品，作家肯定也是花了心血的，我不敢妄断其呕心沥血、字字珠玑、段段锦帛，但当时是真怕自己读不懂侮辱了她。所幸的是，我最终还是没有阻隔地读完了她，并且还读出了一点儿心声。

大学是什么呢？是不是有颜如玉、有千钟鼎、有黄金屋？在中学的时候，我们往往会整天幻想着走进那个所谓的象牙塔，整天以闻鸡起舞、凿壁偷光、头悬梁锥刺股来勉励自我，相信付出必有回报，生怕大学把我们拒之门外……

而走进大学之后呢？在希望中绝望，在绝望中希望，在理想的破灭和实现的起伏中，我们唯一的任务是反思。这一点，晓风先生提前做了，他以他超前的思维和丰满的智慧，为我们展现了一个真实的大学。作家并不是一个尖酸刻薄之人，他在保存自己尖锐的同时，也为我们保留了自己的宽容。在对大学里的环境气质和人文精神进行批判的同时，也描绘了一幅丰富多彩大学生活原生态图景，这些都是值得褒赞的。

有多少人能够理解一个作家创作的艰辛呢？很多作家在写作的时候，生活一度十分窘迫，狭窄而又灰暗的出租房，没有空调，甚至连电风扇也没有，空气沉郁，蚊虫如星星漫天，一包纸烟、一杯清茶、一支笔，无数个不眠的夜晚……创作是一个百感交集的旅程，但其结果却总是温暖的。

致韩寒先生

六年前，因为过度沉迷于诗歌，生活极度窘迫，一个小愤青在韩寒挑衅新诗之时，抱着极大的愤怒和妒忌之情，写过一篇文章，标题为《韩寒，别再为我们丢脸了吧》，全文如下：

去年韩寒出了两本书，《一座城池》本人没买，不敢胡说，我一贯特讨厌胡说，那样不仅不尊重别人，也不自重。《就这样飘来飘去》，本人买了一本，诚实地说买的是盗版（韩寒的书除了《三重门》之外，我其他买的都是盗版，而其他也就仅此一本这样……），应该没什么，韩寒自己不是说过他的书别人可以买盗版的吗，况且此盗非彼盗，我也就如他的愿了！买过之后就后悔了，什么东西啊？全是照片！乍一看还以为是哪个明星的写真集呢？我靠！还叫什么文集?！还首发五十万（据说）！看来这年头，文学真的没救了！出名的什么都叫文学。

这也就算了，谁叫人家韩寒名扬四海了呢？况且哥们儿近年来又一直像少年飞驰了，文字都被碾于车轮之下，都轧出屎来了，能不臭点吗，哥们儿你就将就着闻吧！

好，就此打住，得说说正题，说说韩寒做了哪些丢80后脸的事（先声明：本人也十分讨厌什么80后的提法，但是没办法，谁叫你就出生在80年代后呢？名字都是别人喊出来的，集体的名字也是，就像我们被称作“人”，谁叫我们叫“人”的，我们本来都不是“人”，也是“别人”喊出来的，但我们都没有办法把自己唤作兽，或树、或花……）。

第一，几年前，韩大人曾振臂一呼：文学就是文字学。这是第一件丢脸的事。文学就是文字学吗？那许慎、王力就是文学家了。这无知的说法是我们一代人的耻辱！

第二，韩寒曾说诗歌就是把那些下三流的散文分分行（见韩寒的《通稿2003》。后来有个叫作《诗选刊》的诗歌杂志居然恬不知耻地转载了这天大谬论，不知那些诗人们看到后是什么感觉。不过也很正常，该诗刊居然也刊发花儿乐队的歌词，说大张伟是个天才的诗人；也发周杰伦的歌词……）我要说韩哥，你不懂诗歌也就算了，胡乱说干吗呢？你不是吃饱了撑的吗？你还骂别人——说有些人没看过你的书就说你的书不好，你看过几篇诗歌啊？说别人是红毛，自己原来也是个妖怪！

第三，就是这个《文坛是个P 谁都别装》了。且看看你怎么说的:(1)“比如我，我的写作可以说是中国难得的纯文学。写我所想，并不参加任何宣传活动，也从不假惺惺叫帮人开个研讨会之类。新书也更无任何的发布会。卖得好，是因为写得好。”

拍拍心坎子说，你说的是实话吗？你不参加任何宣传活动？当年四处跑，签名售书，上各个电视台大放厥词的是鬼呀？去年去南京某中学演讲的那小子是谁呀？

按照你的逻辑，文学就是文字的学问，那你在书中搞那么多照片该怎么解释？你也该补充一下：文学是文字、照片和标点符号的学问……

(2)“文坛算个P，茅盾文学奖算个P，纯文学期刊算个P。”

至于文坛到底算不算个P，我不知道，也不想知道。但茅盾文学奖真的算个P吗？纯文学期刊算个P吗？这不能不说你真不懂文学了，茅盾里还是有很多好作品的，《白鹿原》《无字》《尘埃落定》等都不能算好作品吗？真的都像P一样吗？文盲也从来不说识字算个P，相反还怨恨自己不认识字呢！捡骨头的狗做梦还想当个人呢！自己成不了佛就别走着站着都骂和尚。纯文学期刊现在发行量小是有时代原因的，当年《人民文学》发一百多万，不比你韩寒的书发得少！现在那么多流行娱乐休闲杂志，那么多什么按摩什么电影电视，所谓文化生活正在逐步丰富了，还有纯文学刊物的戏吗？能坚持下来就不容易了！

韩寒，你不懂就罢了！还这么装干吗呢？其实这也不能全怪你，你一个人怎么能代表80后这个群体呢？但是没办法，只要人一提到80后，就必然提到你，你是领袖，你是旗手，谁想啊？不还是没办法！权宜之计是——

我求求你了，韩寒，跪下来求你，别再为我们丢脸了吧！好好飞你的驰去，拿个好成绩骄傲骄傲，好孩子，乖——啊！至于文字，写不好了，还是少写点为妙。当然，不写了，就更好！[①]

这个应该是最早的倒韩文章之一，不知道韩寒先生当年有没有看过，更不知他看过这篇文章后的心情。这篇文章转发于天涯社区舞文弄墨，我刚刚替“他”修改了一些明显错字和病句，可以看出他当时发帖时的激动与慌乱。

顺着原来的帖子往下看，还可以看出另外的端倪。有个叫庞勇的网友跟了个这样的帖子：

猪（诸）兄弟，看我的炒作有创意不？

韩哥，我熬夜等你的沙发，有一事相求，请先看看这篇文章，请一定要看完！毕竟这是沙发！毕竟，这是我熬夜写的。如

① 韩寒，别再为我们丢脸了吧，原帖：http://bbs.tianya.cn/post-culture-178553-1.shtml——作者注。

果这不是沙发，我只有继续熬夜了（可惜，我熬的那夜你不出现，我好像没走运过，呵呵，且从那以后改白天了，没辙，我只好改熬白天了）。

韩哥，我觉得你特牛，我忒佩服你。可是我兄弟也牛，真的。一千个人有一千个人牛的方式 您拉拉他好吗？谢了！他是中国第一诗人！一片叶子不能代表一个季节，但代表了一个季节的声音。您就写篇骂他的文章，再把他的博客帖上。什么人经您一捧，稳红！

他是小作家中的乡土作家。我知道韩哥您看不惯乡土，但这毕竟是中国，也是文学。而且，韩哥您是从来慷慨的，您看不惯的是装的老头老太写的乡土，我们小屁孩写的估计您还是看得惯的。

他很坚持，没办法。您帮帮忙，我们都是一代人啊！那姓谢的帮姓白的，您就帮一下吧。等他火了，他也骂那个装的文坛。他写得很好。

韩哥，我知道您乐于助人。您是为数不多的特义气的作家。他自费出诗后，血本无归。

他没有顺利出名，他很火，也很无奈，但他马上就情绪正常了，有目的地走他的小说之路，花一个月写了一部不错的小说，叫《远方》，18万字。他真的很努力。他遗憾地对我说："我再也不能写诗了！"我难过。我看别人难过，就会也难过。他难过，我就会忒难过。韩哥您没难过过，我没法也难过，呵呵。我笑着讲的话，往往是真的，板着脸讲的，往往是假的。我是一个很酷的小屁孩。

还有，我可以保证我这个小屁孩不是他本人，也不是受他之托。我是猛然间想到这绝妙的方案的，我叫庞勇，是搞可悲可怜的摇滚乐的。他是我兄弟，求您在百忙之中，写一篇骂他的文章，再把他的博客帖上，如右：http：//blog.sina.com.cn/u/1197843177 ，谢了。

我知道您很幽默，所以我才来求您。不幽默的人是不可能写的。

当然，幽默的人也不一定会理我，不过有一线希望，我还是想抓抓，和您套套近乎。

因为您牛，和牛的人套近乎也是本事，更是光荣。谢谢。

韩哥，不早了，早点休息吧！

祝车绩一路飙升！您过去牛，现在牛，将来也一定牛！（还有，这是我的博客，您看看，有点小意思：http：//blog.sina.com.cn/u/1220264365）

为生存的抗争与追索本也就是一首粗糙的诗。呵呵。您如果真的愿意帮忙，请把此文删掉，然后写一篇骂这个叫什么许多余的货色，也就是我兄弟的文章，贴在您宝贵的博客上。毕竟，我干得有点小不光彩。但这年头，只要不干什么大是大非的就算好人了。呵呵，我很傻的。呵呵，想和你做朋友，呵呵，只是你不容易理我，呵呵，奢望啊，我以前高中时还模仿过你，呵呵，忒傻（说我的）。白天的，如果这不是沙发，我只有继续熬白天了。

此帖原文格式过于凌乱，我做了些调整，部分句子无标点，因不知发帖者当时处于什么情绪，故未作变动。

现在告诉你们，上面那个发帖的小愤青，就是我。后面那个跟帖的摇滚青年，是我的好兄弟庞勇。

后来，每当我想起这个帖子，都会脸红。那该是一个多么傻的青年，假借维护现代诗歌之名，倾泻出多么恶俗、歹毒、没有技术含量的愤怒。其实，他早就佩服韩寒，并且几乎读过韩寒的所有作品，并且将其作为楷模和目标，作为其写作的动力。而究其愤怒的根源，则是他当时不尽如人意的处境——这依然可以成为今天许多韩寒的支持者变成反对者的理由。残酷的生活让人积郁，悲愤无处释放，现实生存的现状让人困惑……这一切都足以让他们变成打破神话者的帮凶。尽管，那神话本身是无心而善良的。

比如，几天前，有个写小说的90后弟弟对我说："我想宣布韩寒曾经找我代过笔，炒作一把……"我说："弟弟，你不能在这个时候落井下石。"

上面跟帖者庞勇的陈述也基本属实。他是我当时唯一忠实的追随者和支持者。为了让我"迅速成名"，他选择了不计后果的荒诞方式，把一个迷惘的文学青年做了悲情的修饰和刻画，企图以极其献媚的姿态，来博取韩寒的关注、同情、认同和支持。我当时在心里其实不太认同他的做法，我认为，既然对抗，就得对抗到底，尽管不对，但依然得独持己见，一意孤行。但，虽然他当时没征求我的同意，我依然默许了他的想法。“你去做吧，万一有效果呢……”当然是没效果的，我们当时的智商都太低，没能吊起韩寒先生的兴奋点。韩寒没有回应，我们的“阴谋”也没能得逞。

后来，我依然执着而疯狂地潜心于小说和诗歌的写作，间隙阅读大量书籍，思考漫无边际的虚空、现实和世界，并以实际行动介入现实。而好运也随之而来，尽管缓慢，但终究还是来了。出版商开始关注我，出版了一些作品。其间，偶尔关注韩寒，上他的博客，惊叹于他的蜕变，敬佩他的立场和勇气。他的每一篇博文，都几乎让人血脉喷张。

我就是这样由一个虚假的倒韩者，变成一个默默的关注者和真实的支持者。

去年的所谓“倒韩”团队，我是被乌龙者强扯进去，在接受香港《文汇报》采访时我已做了澄清，还另写了一篇《谁在倒“韩”谁在拆“团”》的博文，在此不赘述。我所在的黄震工作室，以集体的名义，在《独唱团》上市的第一时间从网上购买了120本杂志，本来想送给我办的民工子弟学校的学生，后来因学校遭遇拆迁，至今仍储存在工作室的仓库里。

我跟韩寒先生不熟，跟方舟子先生也不熟。这两个人，我都曾很认真地欣赏过。因此，我几乎浏览包括方舟子在内的所有“倒韩”者们所搜罗的关于韩寒“代笔”的证据，但都不足为凭。我曾经这样表态:【韩寒 vs 方舟子】质疑起于麦田，后其道歉，方舟子登台。数日去，方除了弄些乌龙，搜罗些不足为证之证据，外加一二文青伺机炒作，三五五毛口吐莲花，七八水军咬文嚼字，尚无铁证可证明其确系代笔。质疑或无罪，但无据仍振振有词，便是无理取闹，十分无聊。时值“两会”，让韩寒谈谈民主、自由不是很好吗？

我不是一个擅于逻辑分析者，无法以具体的证据来反驳韩寒“代笔”，我也不是韩寒身边的亲友，无法作为“人证”。以上只是描述了我曾经“倒韩”和“挺韩”的经历、原因和态度。

方舟子先生曾经是我敬佩的“斗士”，由于其曾就读于地处合肥的中科大而尤感亲切，相对来说，韩寒先生离我更“远”。但这个离我“近”的斗士，早已经无力，并且心怀让人恐惧的“阴谋”，以当前的舆论导向和主流态势来说，这可能是“巧合”，但更可能是“苟合”。在这个时刻，我更愿意把目光投向“远”处，那个模糊而孤单的背影，我把他当成朋友，甚至情同手足的兄弟。

我十分认同沈浩波先生的说法，并且坚定不移地站在“挺韩”的一边。我曾经与韩寒“为敌”，但并不妨碍我与他“为伍”。

真相只有一个。

再退一步说，即使韩寒先生被判定为“代笔”，我也依然力挺他。

文艺圈“代笔者”难道还少吗？演员可以偷偷找替身“替演”，艺术家可以半公开地找助手“代画”……那么多虚伪邪恶的“骗子”和“小偷”四处招摇撞骗，并且成为既得利益者，方舟子们为何不去打假？为何老揪住一个善良的韩寒不放？就是因为他手上没有权力的利器，不肯同权贵苟同，并屡次对权威说“不”？

总之，中国有一个韩寒存在，绝对比没有好。而大部分“倒韩”者，实乃可有可无也。至于方舟子先生，可继续从事打假，但对象必须选好。人难免会有瑕疵，主要看主导他的是“人性”还是“兽性”。“人性”不至于伤及同类，而“兽性”必然有害无益。

附：两首小诗。《致韩寒先生》写于昨晚，有口语诗嫌疑，较粗鲁。《硬汉》是去年在某岛上草就，原是写给坚硬、锋利而甜蜜的“甘蔗”们，现一并送给韩寒先生。

《致韩寒先生》

昨晚梦见与你交谈
不知我说了什么
你开始大笑
放肆而单纯
有人怀疑你的笑容

也是抄袭的
你这么年轻
不会可能笑得那么自信
你一定是重复了站在天安门上
——那个淡定的表情
伟人的一切都不可复制
真理都是骂出来的
独立宣言
就曾遭很多奴隶否定
五毛钱可以买到很多证据
包括证人
待来日对簿公堂
肯定有人骂道：
去你的民主
滚你的自由
老子只要天下太平！

2012年3月12日晚

《硬汉》

他们被捆绑在一起
在街角站立
或横躺在三轮车上
就连打哈欠
也要保持笔直的姿势

午后昏黄的路灯下
人们正一刀一刀
剥着他的皮
冷不丁咔地一下
将他们斩首

几个硬币
就可以交换他整个身体
饥渴的人
咀嚼着他的嫩肉
吮吸他新鲜的血
吐出惨白的渣

外表那么坚硬
内心却是甜的

他有树的寂寥
有草的柔媚
有铁的坚强
活着的时候
也有刀的雪刃

我说的不是人
是甘蔗

2012年12月29日

余华老放同一个P

米兰·昆德拉在《受到诋毁的塞万提斯遗产》一文中说:“发现小说才能发现的东西,乃是小说唯一存在的理由。”一部小说,若不发现在它当时还未知的存在,那它就是一部不道德的小说。海德格尔在《存在与时间》中分析的关于存在的重大主题,早在中世纪的欧洲小说中就已被表现和揭示。一部一部的小说,以小说特有的方式和逻辑,发现了存在的不同侧面。

在《小说的艺术》中,米兰·昆德拉这样分析不同时代伟大的小说家所致力的探索与发现:塞万提斯时代,小说探讨了什么是冒险;在塞缪尔·理查森时代,小说开始审视发生于内心的东西展示情感的隐私;在巴尔扎克时代,小说发现了人如何扎根于历史之中;在福楼拜那里,小说探索了直至当时还不为人知的日常生活;在托尔斯泰那里,小说探索了非理性到底如何起作用。马塞尔·普鲁斯特无法抓住的过去的瞬间；詹姆斯·乔伊斯探索的是无法抓住的现在的瞬间；托马斯·曼的小说，则探索了神话的作用，他深信，并且以实践证明：那来自遥远（时间和空间的）深处的神话，无时无刻不在遥控着生活中的我们的一举一动。

余华早期的作品是令人兴奋的。语言与世界，叙述与信仰的分离与背叛，使得他那时期的作品有着深刻而神奇的魅力。他不动声色地叙述、铺垫、转移、嫁接，使得传统的叙事文本显得苍白而又渺小。在此之前，血腥与暴力只是呈现在一系列真假冤奇的故事中，暴力与血腥只是作为一种点缀，而丝毫不与其本身密切关联。余华打破了这一点，他神出鬼没地将故事的本体与载体本末倒置。这种独树一帜的写法是具有开创性的，是理智而又卓有成效的。这一点也恰好符合了小说的精神——发现性和不可替代性。那些非技巧的巧合，非框架的结构，为余华的精神世界和所承载的精神勾勒出十分巧妙的典型。

在《兄弟》尚未出现之前，余华几乎可以说是完美的。他对于本能和非本能以及异己的颠覆是酣畅淋漓和彻底的。可是这一切都随着《兄弟》的出现而画上了悲壮的破折号——我们只能在他创作生涯几近终结的时期画一个破折号，因为破折号表示解说、转折、省略和强调，它比其他的符号都来得直观、延续、包容。同时余华随时都有可能写出比《兄弟》更差的作品——随时都有可能！

《兄弟》分上、下两部（上部十几万字，下部二十几万字）用余华自己的话来说：这是一部一眼望不到头的小说，是两个时代相遇以后出生的小说……起初，我构思一部十万字左右的小说，可是叙述统治了我的写作，篇幅超过了五十万字。（看来他在完稿之后还删去了不少）在长达四十多万字的叙述中，余华几乎暴露了他全部的缺点。

放同一个P：趣味阅读的局限性

除了《音乐影响了我的写作》等散文随笔外，余华的所有作品都是具有很强的可读性的。他总是竭尽所能地使对话和情节富有张力和活力，从而达到引人入胜的效果，这也是他这么多年来，一直拥有庞大读者群的主要原因之一（对于大多数读者来说，阅读只是一种乐趣，即读他们认为好看的书）。

在《兄弟》中，幽默搞笑的对话俯仰皆是，忍俊不禁的细节随处可见。这应该就是余华的创作初衷。如此宏大的大部头，总得设法让读者先读下去。可是余华哪有那么多“有趣”的材料呢？江郎也有才尽的时候啊。没有了怎么办呢？——聪明的余华想了一个好办法——复制。

《兄弟（上）》第二十二节描写了这样一个故事：

两人又走到了一起。李光头小心翼翼地走在孙伟的身边，孙伟没有反对，李光头放心了。走到巷口时孙伟突然站住了，对李光头说：

“你看看，我的裤子是不是破了？”

李光头凑到孙伟的屁股前，没看到裤子上的破洞。李光头说："没破。"

孙伟说："凑近了再看看。"

李光头的鼻子差不多挨上孙伟的屁股了，仍然没有看到破洞。这时孙伟突然响亮地放了一个臭屁，孙伟的臭屁像一阵风一样打在李光头的脸上。孙伟哈哈大笑……

这个逗人发笑的小故事是很好玩，不过是抄的。不是抄别人的，而是抄他自己的。同样的故事，在《在细雨中呼喊》中也有。几乎纹丝没动！只是两个当事人换了！余华的这个屁放了两遍了，是同一个屁。

情节：刻意先锋的弄巧成拙

余华的先锋精神在早期是自省和自觉的。自 1987 年 1 月在《北京文学》发表《十八岁出门远行》以来，他创作了一系列非常优秀的先锋小说。他以叙述次序的前后颠倒和故事内容的漫无头绪来吸引我们进入他精心营造的一个个荒唐的世界。

可是在《兄弟》中，余华的那种自然而自觉的先锋意识不翼而飞了。尽管他仍然在不懈地努力着，但却无法掩饰他虚假的刻意，并且许多时候余华都弄巧成拙。

对宋凡平的死亡过程的描写就是一个很具代表性的例子。尽管还有一个模糊的形象存在并成为维系《兄弟》情感的基石，但在那个死人就像现在感冒那样流行的年代，余华所刻意描写的死亡过程只能算是一场司空见惯的小戏。

再来说说李光头，这是一个有点玩世不恭、恬不知耻又聪明善良的孩子。作者在他身上花费了不计其数的心血。李光头的命运是滑稽的，而他的人生是悲哀和寂寞的。当年那个由于爱情失败而自虐的少年，经过一系列动荡、挣扎、巧合，最终幸运暴富，而他的欲望也随着他财富的剧增而日益递增，以致他最终霸占了自己的嫂子；并且还带她去做处女修补手术——正在这时候，他的好兄弟宋钢死了。

当李光头为得不到真正的处女而郁闷不堪、麻痹自己的时候，我们可以想到封建思想的余孽在许多中国人心中还根深蒂固。但这样刻意的安排也不算什么新鲜，因为这样的人在当代的中国还广泛存在，并且还将继续存在下去。

尴尬：叙述宏大题材的乏力

对于“文化大革命”这样一个宏大题材，余华本来是要刻画一个精神狂热、本能压抑命运惨烈的时代。这两者是余华一贯着于阐释的主旨，只有“命运惨烈”才勉强算得上是他的“新旨”。可是余华在叙述宏大题材的时候力不从心，这可以从《兄弟》中无休止的对话中看出。而作者本人对于没有尽头的？也显得十分厌倦，但作者没有承认也不会承认这一点——因为承认这一点是令人尴尬的。

相反的，他还在后记中这样安慰自己：

写作就是这样奇妙，从狭窄开始往往写出宽广，从宽广开始反而写出狭窄。这和人生一模一样，从一条宽广大路出发的人常常走投无路，从一条羊肠小道出发的人却能够走到遥远的天边。所以耶稣说："你们要走窄门。"他告诫我们，"因为引到灭亡，那门是宽的，路是大的，去的人也多。引到永生，那门是窄的，路是小的，找着的人也少。"

我想无论是写作还是人生，正确的出发都是走进窄门。不要被宽阔的大门所迷惑，那里面的路没有多长。

可见他对自己的《兄弟》还是非常自信的，他还在执迷不悟。

庸俗：由冷血到温情的蜕化

余华过去的作品夸张地描写对身体的自残和伤害，并由此展现出生命冷漠荒凉和虚无的本质。那莫可名状的原始暴力深深地刺激了我们的心灵和身体。

近现代中国历史中的种种运动，只是一些有轨可寻的症状，却无从解释几代人无法愈合的创伤。从那些裸露的伤口中，余华曾经敏感地捕捉到一些细微的虚耗，而默默承受暴力的躯壳，只是最微观的切入点和窗口。

从《在细雨中呼喊》到《活着》，再到《许三观卖血记》，直至《兄弟》，余华从对身体无用的死亡中，始终找到某些难以说明的用处。这是对鲁迅精神胜利法的延续，同时也反衬了经历不同时代的中国人的消费理念，更是暗示了余华对自我生命价值的妥协。他已经义无反顾地从最初的原始暴力与伤痕中走出，逐渐转至合情合理的温情。

当我们被他带着从最初的瞠目结舌走向心灵的主动触动，直到悄悄有流泪的快感时，我们会不自觉地发现——以前的余华正逐渐远去，他一个人“出门远行”了，只留下我们，失望而期待地站在原地。

我们再也读不出那种由先锋带来的颠覆和震撼了，我们读到的只是一些可怜或者变形的温情，以及由此派生出的金钱、家庭和不甘寂寞的虚妄或者虚荣。

无聊的忏悔

当一个写作者（作家或者诗人）已经面临老年化的威胁或逐渐失去创造力的时候，他（或她）便开始进行所谓的反省与反思。这已经成为一个广泛存在的事实，而并非子虚乌有。事实上，不管是在艺术创作或者科学研究领域，人们似乎也从未停止过反思。写出《进化论》的达尔文先生，老年后一直在反思自己——他把人的血液输入猿猴体内，结果发现两者并不能相融；他发现人和猿猴的肋骨数也根本不一样……为此他老人家曾深深忏悔，说自己不该在年少轻狂的时候写下《进化论》，遗毒后生。据说他在临死的时候还不能原谅自己所犯下的“罪行”，双手不停地在胸前画着十字架，乞求原谅。

著名哲学大师海德格尔说：“信仰的真正的生存意义便是：信仰=再生。”信仰产生于怀疑之上，初衷是出于对某些现实的抗议，以对一种纯粹的精神实体心存虔诚，直至皈依。我们必须把一些值得思的东西加以深思。而，什么才是真正值得深思的东西呢？关于这一点，我们伟大的先人一直没有弄明白，因此他们的许多看起来很“深思”的东西其实一点也没价值。

从叔本华的无奈自杀到海明威绝望地把猎枪放进自己的口腔，再到顾城挥斧乱砍自戕、海子山海关卧轨，我们从中看到了什么？透过悲惨的血腥外衣，我看到无数伟大的灵魂孤独地站立于时间之外，我看到他们在“怀疑”这个恶魔的驱使下一步步走进自虐的深渊。如果说叔本华和顾城都是死于对周围人的不信任，那么海明威和海子就是死于对自己的不信任。

对于海明威的死，我不敢妄加评论，或许是他老人家年岁已高又病魔缠身活不下去了，又或许是他老人家活腻了、活够了、活得不耐烦了，总之，他选择死亡似乎比活着好。该写的都写了，该说的都说了，该风光的也都风光了，该经历的也都经历了，还要那副发霉腐朽的躯壳干什么呢？海的精神是强大的，它可以容纳百川，内容丰富，给我们留下一点悬念也无可厚非。我们只能说这个老人有性格、有个性、有勇气，活的有价值，死的也悲壮……而海子不一样啊，他还太年轻，他还有着沸腾的青春，有着火热的激情，生生不息的创造力——这样的一个生命不该死啊！他还没有从这个纷繁复杂丰富多彩的社会中吸取足够的营养，就拖着瘦弱的身躯颤巍巍地离开了这个让人留恋的世界。他还没来得及抽最后一根香烟，看一眼心爱的麦子；他还没有跟心爱的姑娘一起体验生命的颠覆和快感——他死得太惨了！而这一切怨谁呢？据说，海子生前在《今天》的那个小圈子里极不受欢迎，他可敬的多多大哥经常批评他（在这里我并没有讽刺挖苦多多老师的意思），而海子又是一个极为自闭的人，他有太多的心里话想说又说不出口，所以他更加压抑。人的心理承受能力是有一个极限的，一旦超过这个极限，任何人都没法活下去。与其说他的自杀是因为自己的信仰和对于诗歌的虔诚，倒不如说是因为他对自己已经彻底怀疑、彻底绝望，如果当时他的朋友们发现了这一点，多多开导他，或许他不会那样投入地忏悔，选择离开。

“从明天起，做一个幸福的人。”而幸福是什么？幸福对海子来说是那样遥不可及。他曾去过远方寻找幸福，可到头来他却发现“远方除了遥远一无所有”。我敢说，他在火车轰轰开来的那一刻一定感慨万千，他一定后悔自己写诗，可是他没有机会了，他只能永远地沉默，给我们留下一串串问号。

在 2007 年 2 月 8 日的《南方都市报》上，我看到了梁小斌先生写的《我为〈中国，我的钥匙丢了〉忏悔》，字里行间流露着对自己的不信任以及对自己“深刻的检讨”。“一个诗人必须对他写的诗承担责任，这是我心头的沉重石头，我在讴歌那个暴戾时代的时候，因为早有《理想之歌》在我的头顶；我在那个理想主义的诗坛上，没有哄抢到‘暴风雨中的海燕’那顶桂冠。没有抢到并不说明就没有抢夺的愿望，没有抢到活的阶级敌人捡回来斗，我只抢到阶级敌人留在家里的坏思想。”

一个诗人真的要对他写诗负什么责任吗？我认为不一定。要不要负责任，这得看作品本身所承载的东西，是不是写作者自己说了算的。在一个作品出炉之前，你享有修改甚至毁灭的权利，但当它在社会上流传已久之后，你就丧失了话语权，因为它已经成为大众的共有财产了。人们在欣赏它的时候已经逐步加入了自己的情感，它已经不再是你当年写下时的简单的作品了，它已经有了沉重的“附加值”。你想推翻自己，但你想过没有，你推翻的不只是自己，还有广大的诗歌爱好者；你要负责，你负得起这个责任吗？

“原来，包括我在内，均是阐释政治生活的写手。所谓‘写手’，就是把人与人之间的亲情关系，揭露为阶级斗争关系，或者又依据新的时代要求，把它又还原为友爱关系，犹如那个糠菜窝头。因为它是文学的，它是以感人的面貌出现，它的基本模式是控诉。在我的诗歌那里，两种互相矛盾的声音，被乔装成为一个诗人的心路历程，蒙昧或者被迫，是掩护诗人过关的辩护词。”“因此，我们仅抓住政治上的坏人，而丝毫指不出哪个作家和诗人是坏人，因为好像只有作家允许有心路历程，我躲在一个心路历程里，躲在一个骗局里面，并继续感染着后人。”这段话乍一看是真诚的，感人肺腑，但仔细分析，你就会发现他的荒谬和伪善。任何人都可以说自己不喜欢政治，但无法真正地摆脱政治。你可以对它视而不见，但你无法不看它。如果在诗歌中出现的政治背景只是一种巧合，那又何必去苛求什么纯粹和纯洁呢？动乱的年代就不允许诗人有思想了？身不由己地参与不光明事件就说明你也跟“他们”一样黑暗了？白沙掺泥也不一定就与之俱黑，是“青莲”就算真的出自“淤泥”，也不会被污染。我们不需要不合逻辑的自我反省和毫无意义的“自我检讨”，因为，这样不论是对自己或是对社会都将是一种伤害。

“我忏悔！当代文学里解构思想看上去具有批判精神，实际上如同《中国，我的钥匙丢了》一样，只是控诉主义骗局的变种，如今的青年诗人们看上去什么事情都未参与，当别人把‘腐朽’的大厦盖起来之后，他们猛然成为一个拆建筑的人。我们能提供的所谓“诗歌经典”，就是这样无形地毒化着后人……”

同样的语气，甚至是同样的话语，我曾听过另外两个人说过。他们分别是这个时代最优秀的音乐人——许巍和窦唯。在一次演唱会上，当忠实的摇滚听友要求许巍唱《两天》的时候，许巍却说，“我不想唱，我现在很后悔当年写那些歌，他们使你们感到不安……”窦唯在他的音乐风格转向古典迷幻之后也曾经极不负责任地说过“摇滚误国”。其实这个世界就是因为太平静了，才显得死气沉沉，才需要你们去发现；那些软弱的逐渐麻木的灵魂无时无刻不需要你们去刺痛。人们也需要检讨，并且比你们更加需要检讨自己，而且他们检讨自己的手段不是自己而是你们，但他们的意志已经太脆弱了，他们的力量也过于单薄，他们需要借助你们，才能完成自醒。但是，作为一个艺术创造者，你却不能动不动就反什么醒——因为，那样你就太不人道主义了。并且，你丝毫不在乎别人感受的自我检讨，只能更加使得别人不安，你这是在戏耍人，你知不知道？

想当年，当你们大义凛然、义无反顾地走在艰难的荆棘路上，一路呐喊的时候，多少人为你们助威，并且臣服。因为你是他们的“先知”，是你们把他们从沉睡中唤醒，给他们力量。你们并没有毒化后人，相反的，你们使得他们在反省的同时更加坚强。“诗人必须是时代的见证。”作为一个时代的见证者，我们不需要知晓你创作的初衷，既然你已经为我们留下了见证，就不要想办法去毁灭。如果你真的感觉自己背负着什么‘十字架’，那么就请你不要说出来，不要让人们知道，否则他们会为你难过的。”确实，每一位诗人都应该忏悔，关键是看你怎样忏悔。在你忏悔之前，还请你想一下，我是否该忏悔？这样的忏悔有没有必要？我为什么忏悔？我们并不反对说真话，但我想说：艺术不仅仅只是说真话，她有时也需要虚构，如果虚构是合理的。

附：《天问诗歌公约》

第一条　每个诗人都应该维护诗歌的尊严。

第二条　诗人天生理想，我们反对诗歌无节制的娱乐化。

第三条　诗人必定是时代的见证。

第四条　一个坏蛋不可能写出好诗。

第五条　语言的魅力使我们敬畏，我们唾弃对母语丧失敬畏的人。

第六条　没有技艺的书写不是诗歌。

第七条　到了该重新认知传统的时候了！传统是我们的血。

第八条　诗人是自然之子。一个诗人必须认识 24 种以上的植物。我们反对转基因。

一只什么鸟

孩子们问她
你要什么西比尔
她回答说，我要死
——T.S. 艾略特

同样是平静的叙述、冷峻的语气，与那些简洁有力的各种主义诗歌相比，张悦然的《誓鸟》更多的是一份隐忍。当然，这里的隐忍是凄艳的。

贯穿于故事始终的是一些上蹿下跳的音符，那些宣泄的情感华彩就像一只振翅欲飞的鸟儿，栖息在弯弯曲曲的海岸线上。在时空的转换和轮回中时隐时现，或许它早已经在一个待命的时刻嗖地飞起，直冲云霄，飞跃山川，穿过森林，跨过波涛汹涌的海洋……

一只被命运捉弄的鸟儿，像一个迟迟未来的春天。她拥有着令万物陶醉的迷人的花香，在冰冷尘封后的动荡漂泊中憧憬着尚未知晓的爱情。而梦想中的王子缥缈若烟云，无法捉摸却又依稀存在。它好似早已经习惯漂泊，从一个地方到另一个地方，它俯瞰着忙于厮杀和挣扎于灾难中的人们，他们拼命地奔跑，跑着、跑着，就没有了腿，只留下一幅幅死去的风景；她想在茫茫的世界中找到属于自己的丢失的记忆，然后她就沿着记忆的绳索攀爬似曾相识的欢愉和幸福。

> 沿着螺旋状的楼梯一直走下去，这沉堕的王国却并不是地狱。一直走，只到风声塞满耳朵，灰尘蒙上眼睛，荆棘缠住双脚，记忆的主人才幽幽现身。

这段话几乎出现在《誓鸟》的每一章，像是一位神秘的仙人，娓娓道来一些寓言的历史故事。可是记忆的主人最终还是没有找到属于自己的最宝贵的记忆。她只是活在别人的记忆中。她是这个世界上记忆最多的拥有者。在那个虚幻的以记忆来衡量财富的贝壳王国里，她——春迟，是天底下最富有的女人。

太监钟潜爱上淙淙，而淙淙却深爱着春迟——那春迟爱着谁呢？这是一个难解的谜。作者始终没有将这个谜揭开。她只是做出一些微妙的暗示，让一些断断续续的记忆延续在若有若无的历史中。

她们在巧合的遭遇和灾难中立誓，而后又各自背叛自己的誓言。

充斥期间的是颠沛流离、病痛、牢狱之苦和残忍的自我折磨。不甘被抛弃的却又最先选择抛弃。就连本该拥有幸福爱情的宵行和画画也好似传染了她们的冷漠，终究还是没有逃脱命运的劫数。

远方归来的人
她总有许多故事可说
她总有许多故事要说

走向远方的人
她总有许多事情可做
她总有许多故事要做

——《归途与方向》

透过摄人心魄的悲剧，我们可以清楚地看到在这些绮丽的故事背后，站着一位怅然若失的美丽敏感的女子。一直以来，她用她冷静的笔触不倦地描述着小资的细腻的忧伤。她有着神奇的经历和不可一世的倾城才华；铅尘染尽，而风采依旧；未曾经历几许风霜，却常在自我营造的氛围中尽显沧桑。

她应该是真的拥有许多永远难以实现的誓言，就像那只忧伤的大鸟，傲然伫立，却又孤独地自悲自怜。飞去飞来，从不罢休，无时无刻不在寻找着新奇。为此，她一次又一次选择流浪。

流浪的小资最危险。

作为一个多情的看客，我在提醒她注意安全的同时，也抑制不住自己深切的期盼：愿这只光彩夺目的《誓鸟》能够飞进更多人的心中，并且拥有着自己与生俱来的强盛的生命力。

每一刻都是崭新的

二十多年前，许巍提着一把吉他离开西安，去北京寻找他的音乐梦想，他并不知道自己的未来是什么颜色。二十多年后的今天，许巍已经成为中国内地最有影响的音乐人之一。特别是在青少年中，他的歌曲被广为传唱，经久不衰。

西安：梦想开始的地方

西安是个有着丰厚文化底蕴的文化古城，这里曾经出现过影响几代人的音乐人，比如张楚、郑钧，还有就是许巍了。

许巍 16 岁的时候开始学习吉他，两年后他参加西安市第一届吉他弹唱大赛，获二重唱一等奖，这之后他写出了平生的第一首歌。随后他参军入伍，在部队里，他接触了西方摇滚乐，思想受到巨大的冲击，他拼命练琴，立志要做一名伟大的音乐人。

那时候郑钧出版了他的第一张专集《赤裸裸》，《回到拉萨》《灰姑娘》《赤裸裸》等歌曲红遍大江南北。张楚也出版了《孤独的人是可耻的》。《爱情》等许多歌曲都给许巍以极大的震撼，他把张楚当作自己的榜样。这些都坚定了他要做专职音乐人的信念。许巍召集了西安所有最优秀的乐手组建“飞”乐队，担任乐队主唱并负责歌曲创作。“飞”与其他三支西安乐队在西安外语学院举行了组队以来的首次公演，在一千人的剧场内挤满了三千名观众，“飞”表演了五首许巍的作品，许巍的出色表演和他独具魅力的作品让“飞”成为当晚最受欢迎的乐队。

第二年（也就是 1994 年）2 月，“飞”赴成都做宣传性的演出，非常轰动。演出后乐队接受了成都电台及各大报刊的采访。5 月，“飞”接受日本《Voice》杂志的访问。7 月，乐队赴银川参加“西北摇滚节”，与另外三支来自兰州、宁夏和内蒙古的乐队在银川体育馆演出，“飞”的压轴表演极为出色，引起当地媒体的瞩目。演出后乐队接受多家媒体访问，演出的现场录音及乐队专访在银川电台播放。

回到西安后，乐队接受了陕西文艺台的直播访问，乐队歌曲的 Demo 也在电台多次播放，反响强烈。同时，许巍开始在文艺台担任嘉宾主持，介绍西方摇滚乐。

在几乎没有任何经济来源的情况下，许巍和他的“飞”乐队过得非常艰难，他们在最阴暗破旧的地下室排练，吃最便宜的饭，抽最便宜的烟。期间他创作了大量的歌曲。后来沉重的生存压力最终迫使乐队解散。许巍带着自己的歌曲和复杂的心情离开了西安。

执着：超越平凡的生活

孤立无援的许巍奔赴北京，开始了他颠沛流离的“北漂”生涯。为了生活，他去小酒吧演出，四处串演。在与复杂的社会广泛接触后，他看见丑恶的人性。在生存面前，那纯洁的理想开始变得破碎不堪。他一次“走在繁华的街上，找不到该去的方向。”茫然、焦躁、绝望，几乎占据了他全部的思想空间。他发出“我看着我的身边，他们都比我美；我看看我的身后，时间都已枯萎”的感叹。他时常沉浸在对往昔的回忆中，在西安，那些美好的日子……

一个个暗无天日的日子，陪着许巍的只有一把冰冷的吉他，他时常彻夜失眠，精神萎靡，身体接近虚脱……但他没有忘记自己的理想，相反，他变得更加执着坚定，这种坚定不仅仅是对于生活的信心——他把自己所有的情感都寄托在琴上，他不停地弹着，不停地唱着，他把自己最切实的体验毫无保留地用歌声表达出来。

他是一个游子，虽流落他乡，却无时不在想着叶落归根，他强烈地思念着自己的故乡以及故乡的亲人、爱人、朋友，一阵阵酸楚时常不经意地袭来，他把眼泪藏在心里，而忧伤顺着琴弦寂寞地流淌……

《在别处》——米兰·昆德拉，年轻艺术家雅罗米尔激情而又短暂的一生，沉痛、精细、内省。许巍的第一张专集《在别处》的大部分歌曲大多就是创作于这段时期。令人神往而揪心的《我思念的城市》，漂泊浮沉的《在别处》，情感寄托的《故乡》……太多的时候，他只有一个人，把歌唱给自己听，那时被强烈压制的欲望从身体的深处，从骨髓里悠然而沉痛地飘出，洋溢在周围的每个角落。

没有人会留意，这个城市的秋天，窗外阳光灿烂，我却没有温暖，只有你的眼泪，抚摩我的寂寞。那些无助的夜，我漫无目的地走。那些无助的夜，你牵着我的手。幸福还很遥远，我无法看见。这秋天的夜晚，让我感到茫然……

——《我的秋天》

充满幻想和不安的《水妖》，自我醒悟的《树》——“我身上结满了果实，可里面长的全都是欲望。”1994 年 10 月，许巍携作品去红星生产社（一家知名唱片公司）试唱，其作品超乎寻常的魅力使红星公司听完后马上宣布准备签约。

当年 11 月，北京的众多顶级乐手纷纷表示愿意参与许巍作品的录制，不久就推出了《两天》与《青鸟》。一时间，许巍的名字随两首单曲迅速蹿红于大江南北；而且这两首作品又都成为每个弹吉他的乐迷们最爱演奏的曲目。浓厚的人文色彩使他成为和崔健、郑钧、张楚等同等级别的当代青年音乐偶像。

1995 年，著名歌手田震凭许巍作词作曲的《执着》再次走红于大江南北，这首歌也成为当年最脍炙人口的传唱佳作，几乎拿到了内地所有音乐排行榜的冠军。

1997 年 4 月，许巍首张个人专辑《在别处》正式发表，立刻引起了轰动。专辑在无任何的宣传情况下，销售量达 50 万张。在当时盗版唱片猖獗的时候，这个数字已经是唱片销售的奇迹。

1998 年 1 月，在北京音乐台节目《新音乐杂志》1997 年度最佳专辑听众评选活动中，许巍的《在别处》荣获年度最佳专辑奖，再次证明了他在中国原创新音乐圈中非凡的创作实力。1998 年，作为流行乐界仅有的二位作者，其作品和崔健一起被选入中国当代诗歌文选。1999 年 3 月，由许巍重新编曲并演唱的“许巍版”《执着》再次引起轰动。他凭着自己的《执着》，终于超越了“平凡的生活”。

每一刻都是崭新的

许巍在安徽大学开歌友会的时候，我很遗憾没有到现场，那天一家电台正邀请我做一个访谈节目。当时庞勇（年轻的音乐人）打电话给我，我没接（节目现场直播），他又给我发了短信，我也没看。直到插播广告中间休息，我才看手机：巍哥在安大召开歌友会，你去不去？我当时就想冲出直播间！可是没有办法，节目才刚刚做了一半。我在心里恶狠狠地骂道——该死的另一半啊！

后来，许巍又一次来到安徽，在安徽电视台的“超级红人馆”做节目。我和庞勇一起很幸运地被邀请去了。我们扛着吉他，匆匆地逃出校门，飞往安徽电视台。我们去的时候，许巍还没有来。导演和节目制作人员早已经恭候在演播厅里了。还有许多巍哥的歌迷，大多是背着吉他的大男孩（也有少数女孩）。导演跟庞勇说：“等会你上台跟许巍合唱一首歌，你说唱什么歌呢？”庞勇想了想，还是唱《礼物》吧，除了这个，也没什么好东西送给大哥了。上次是这个，这次也还是这个。

我们在直播间等着。庞勇在那里一边默默地拨着琴弦，一边不停地朝门口看。

忽然，外面一阵喧哗，我们都知道这准是许巍来了。许巍微笑着和每个找他的歌迷合影，笑容灿烂。

庞勇走上台，轻抚琴弦，“让我怎么说，我不知道……”也许他真的不知道怎么说，其实他有太多的话想和巍哥说，他刚刚退学，面临太大的压力，而音乐这条道路不知有多么艰难。唱着、唱着，他就唱不下去了。他哭了，只一个劲地猛扫弦。许巍就站在他的身后，双手轻轻地拥着他的肩膀，微笑着，最后他们一起合唱了这首《礼物》，不知道是谁送给谁的。现场的许多人都流泪了。我送给巍哥的礼物是我的诗歌，用A4纸打印的诗稿。

许巍是个非常认真的音乐人，可以说是一丝不苟，毫不夸张。一般的歌手在表演的时候，总是很“糊”，随便唱唱，外加一些“你们高兴吗？”“一起来吧！”之类的吼叫，而许巍从来不是。他站在舞台上，很少说话（几乎不说话）。每次唱歌完毕，他只说四个字：“谢谢！再见！”这也算是他独特的一面。演出中间，许巍有一个高音没有唱好（可能是状态不佳的缘故，唱歌很需要状态），普通听众不会察觉的，可是他坚持要重新唱一边，理由是自己没有唱好，对不起听众。

中场休息的时候，我们一起抽烟。许巍说了许多话。有人问他为什么那么尊重歌迷？他说：“我从来都不认为他们是什么迷，他们都是我的听友。”

分别的时候，他送了我们他的CD，拥抱，还有一声：一切顺利。

用许巍自己的话来说，他曾经是一个“很拧巴”的人，不懂得哄女孩子，甚至还会跟她们较真儿。但有一次在现场，与许巍合作过的叶蓓、姜昕、希丽娜依，却为在场人介绍了一个细致体贴，甚至会在她们心情不好的时候，扮演心理医生的许巍。

其中，与许巍合作最多的姜昕称，唱许巍的歌就没花过钱。李静一听傻了眼，许巍有点不好意思地说：“朋友嘛。”备受感动的李静大夸许巍为“最冰清玉洁的男人”。历年来，邀请许巍写歌的，女歌手占了大部分。而许巍为她们创作的歌曲，又因细腻地表现出女性心思而广受好评。李静开玩笑地说："虽然许巍挺害羞的，但还是很懂女人。"说到这儿，李静像突然想起什么来，问叶蓓、姜昕和希丽娜依："你们听许巍的歌时，有没有过瞬间爱上这个男人的感觉？"精明的叶蓓一听，反过来要求李静先回答。李静则落落大方地表示："我有过啊，但后来又想，瞎想什么呢，好好过自己的日子吧。"听李静这么一说，叶蓓也跟着起哄，叫道"我天天瞎想"，说完还说害怕出门被歌迷打。

"这不挺好吗？如果一个人的生活，活的特别拧巴和痛苦，还有什么劲儿，你起码要感觉到生活要有奔头。我是比较正常的，我不是他们想象的那样不正常，非得拧巴到底的那种。真正听我的歌，真正喜欢的人，把我的专辑喻为灰色的，我不知道，我觉得是深蓝色，有对现实的痛苦，当时的情绪，那里面有兴趣，碰到有人说这话，我特别高兴。生活不管怎么样，往前看还是有希望的。有很多难摆脱的痛苦，就像写《迷茫》的时候，不知道人来人往你去干什么，但是那个力量还在你的心里头。从我写《像风一样自由》,《执着》是第一首歌，是有力量的，包括《像风一样自由》。到了北京,《两天》是对生活的感受，从当兵，社会的复杂性，对人性的失望，很多东西都有，那是一个阶段，到现在我还能想起我当兵的时光，永远充满希望，自律，这种习惯到现在都有，我现在工作特别忙，一大早起来，刷牙什么的都定时，还要保持革命的优良传统，要快速行动，用最快的速度醒来，穿衣服，下楼。这是一个我的生活给予我的东西。"

我一直非常喜欢许巍的音乐，朴实无华、个人色彩浓郁。内地很少有这种比较纯净和个性鲜明的音乐，听他的音乐，你能感受到他内心的重量。

现在中国香港、台湾地区的音乐大多已索然无味，内地的音乐相对而言还是比较有风格和味道的。一个歌手能够形成并坚持自己的风格是一件很不容易的事情，而许巍绝对是这其中的一个代表人物。正像他自己所说："我也有许多不懂的东西，还经常请教别人。别人告诉我一些东西，我也在学习，感受到一些东西。音乐是海洋，我们都很渺小。"他说他现在也在听一些古典乐，同时也读许多书，比如说北岛的书。他大概是在寻找某些激情吧！总之，对于许巍来说，每一刻都是崭新的！

遗憾：虚拟的完美生活

又过了两年，2003年，许巍的第三张专集《时光·漫步》出版。时光漫步，在时光中漫步，怎么样？一听名字就蛮浪漫的。许巍已经平和了，他看见阳光了，并且也开始阳光了。他像一个经过大风浪后的老水手，讲述着他的故事；他又像一个得道高僧，向我们阐释着一些道理。

许多人都是听了这一张专集后才开始逐渐认识他、了解他的（我也是），轻轻的音乐，熟悉的旋律，好像在哪里听过，似乎曾经相识，又确实没有听过，不知道是谁。在《礼物》里，他说：“让我怎么说，我不知道，太多的语言，消失在胸口……”“在阳光温暖的春天，走在这城市的人群中，又想起你，你是记忆中最美的春天，是我难以再回去的昨天，你像鲜花那样地绽放，让我心动……”这一切描述得多美妙啊！

青春的岁月我们身不由己，只因这心中燃烧的梦想；青春的岁月放浪的生涯，就任这时光奔腾如流水。在这里，许巍开始他美好的回忆了。

写歌、唱歌、演出、结婚……生活不再颠沛流离，一切都井然有序。也就在此时，他的歌曲才真正地开始为人们所接受。在音响店、在书店、在服装专卖店……各个场所都在放他的歌曲。他真的开始过上完美生活了。

许多他的歌迷都不能接受他的这种风格转变，认为他不再摇滚了，和社会妥协了，也变得俗气了，也去搭流行这趟车了。并且他们预言：许巍再也写不出好歌曲了！但是这只是一部分人认为的。就许巍自己来说，他只是尊重自己的状态，表达自己最真实的思想，他本身没有对任何东西妥协，也从没有刻意迎合听众，他只是他自己。

许巍为公益事业做了许多事情，他创作的公益歌曲《来得及的明天》是联合国儿童基金会“关注受艾滋病影响儿童项目”的主题歌。许巍还参加过印度洋海啸地区赈灾、为北京贫困大学生募捐等多场义演。正如他自己所言："参加公益活动应该是艺人的一种责任。我时刻怀有一种特别的感情，无论是演唱会，还是公益活动，我都怀着一颗感恩的心。"这大概就是他的完美生活吧。

然而遗憾还是有的。2003 年以后，许巍真的没有写出什么好歌曲了，尽管《礼物》《时光·漫步》《天鹅之旅》等歌曲一时间广为人知，在旋律上他可以说做到了绝对美感，让人心平气和。但毋庸置疑，他的音乐震撼力正在一步步消解，和大多数音乐人一样，他的中年化沉遁趋势明显（比如郑钧、崔健、张楚，他们的近期作品都没能超越早期作品：崔健的《给你一点颜色》沦落到说唱；郑钧只出了一张翻唱；张楚多年来销声匿迹）。2005 年 8 月，许巍在北京举行了"绝版青春"演唱会。相信每一个到场的歌迷，心里都积蓄着某种冲动，等待着许巍那惆怅而熨帖的歌声。

这场最终被奉为"绝版享受"的演唱会，却以出其不意的疯狂激动征服了所有人，可以说许巍和乐手们呈现了中国原创音乐的精髓，现场除了听着过瘾，还有某种扬眉吐气的畅快。但愿它不会真的"绝版"。

在若隐若现的佛教诵经声中，演唱会独特的氛围瞬间凝结，许巍和乐手们开始踏上《天鹅之旅》，排山倒海的震撼音乐，许巍苍茫悠远的演唱，无不传达着一个明确信息：今晚这个舞台没有司空见惯的感官刺激，我们要带你进入精神和灵魂的愉悦，这时你是否获得了久违的心跳感觉！

第二首歌是《纯真》，大屏幕清晰地展示着许巍的表情，看得出他状态极佳，声音放得很开，当唱到“你的微笑那么温暖，融化我心中的冰冷”时，或许是对自己的表现满意、对观众的热情感到不可思议吧，许巍脸上露出纯真的微笑。

《蓝莲花》后，许巍说了整晚最长的一段话：“欢迎来这快乐的聚会，今天是我们的节日，让我为你们好好唱歌。”之后，他真的就那么一首接一首唱下去，没有任何花哨的修饰，灯灭、灯亮，完成歌与歌的交替。开场效果足以代表整场演出的高水准，如今还没有哪一场演唱会敢像许巍这样，不带任何特效，纯粹用音乐烘托开场，而效果又如此完美。许巍和他的音乐伙伴——中国最优秀的乐手、音乐人兑现了用音乐打动观众的诺言。

激动的不仅仅是观众。许巍曾说有些歌排练时很难达到冷静理智的状态，现场来看，他指的或许是《我思念的城市》和《两天》，他特意介绍前者是1996年制作首张唱片《那一天》进棚录的第一首歌，演唱时目光深邃，若有所思，而紧接着是最著名的早期单曲《两天》，许巍心中汹涌的情绪奔涌而出。在李延亮精妙绝伦的吉他独奏中，许巍绕场狂奔。坐在李延亮一侧的观众忽然感到非常幸福。上半场在《今夜》中达到高潮，有中国最优秀乐手们推波助澜，全场变成前所未有的电子大舞场，效果好到不行。此时，很多人难抑心头的激动开始狂发短信，当然赞美并非只属于许巍一人：“中国原创音乐的好东西都在这儿了”“绝对有历史意义的演出！从音乐到旋律到内涵都是标志性的，北京作为亚洲华语流行音乐中心的地位从今天开始！”

《我的秋天》之后进入嘉宾环节，被许巍称为“第一次给我自信的好朋友”的田震接过话筒演唱了《执着》，并说“我跟许巍认识十年了，他当初的模样还历历在目，凭着对音乐执着的追求，他终于拥有属于自己的夜晚，这个舞台属于北京今夜最灿烂的许巍。”田震一席肺腑之言，说出了一路看着许巍走来的人们的心声。

对很多人来说，许巍是他们青春成长的一个符号，因此对他的期待也格外热烈，而唱片销量也体现了这一点。只是从许巍个人来说，这种身份并不是自己创作音乐的一个主要动力。在他看来，音乐是他表达自我的一种方式：“对我来说，写歌就像是呼吸一样自然。”

而在新专辑里也确实能察觉到许巍在做新的尝试，包括对民乐的尝试。有人认为，这一方面说明许巍在诚实地表达自己的生活，另一方面也体现出他音乐创造力上的单调。“他以过去颠沛的生活经历创作出的两张专辑曾经打动了无数个年轻人，但是在生活境遇变化之后，他却没有找到合适的方式去创造新的共鸣，这也是他乏力的地方。”一位歌迷给他的留言写道：“你一个人远远地离开，而把我们留了下来。”我们的心里也为之一寒：许巍，你的生活真的完美吗？如果是，那完美是不是也只是虚拟的呢？

自由：如此遥远

我还是比较信赖录音机——那种比较落后的音乐播放器，每当听见磁带转动发出咔嚓咔嚓的声响，我就有一种说不出的喜悦，这份喜悦并非出于沉醉或者宣泄，而是来自清醒。我总是为着自己能够保持一点点清醒而感到知足。

事实上，我们从未摆脱纷扰，一直以来，我们都还是生活在鲁迅先生所说的那个铁屋子里，幽暗、沉闷、禁闭，无所适从。窗外阳光灿烂，我们却没有感到温暖。我们被囚禁在一个个城堡里，即便是身体出来了，心还在里面，我们离自由一直如此遥远。

许巍的音乐，许多时候都起到了“钥匙”的作用，他从来不教你去做什么、该做什么，怎么做、做不做，但是只要你认真地听，便会感觉到其中的真意。一串串跳动的音符，就像精美的雕花砖块，搭成一座座亘古别致的桥梁，这边站着的是现在的你，那边走过的是过去的你，而中间流动的河水，却是无法挽回的一去不复返的时间。

我们的生命在经受着一次又一次折磨后逐渐圆润，随着身体的日益饱满而思想却越发浮躁空洞、惴惴不安。我们小心翼翼地挣扎在一个又一个界限上，向往着纯粹却色彩缤纷；渴望着真实却言不由衷。

很多人说，还是喜欢《在别处》那张专辑，我也是。当米兰·昆德拉以美妙的捷克文字精心勾勒并展示着他阵痛的生活时，许巍也正在以音乐的形式诠释着他充满迷惑的追索。其实，对于我们来说，无论是何种艺术形式，只要能给我们带来震撼，就已经足够，喜欢与否只是一个过程和选择问题。

“这是什么地方依然是如此的荒凉 / 那无尽的旅程如此漫长 / 在异乡的路上每一个寒冷的夜晚 / 这思念它如刀让我伤痛”。(《故乡》) 每个人的心里都有着两个故乡，一个是我们身体的出生地，另一个是我们心灵的避难所。“这秋天雨后明媚的阳光 / 看着我漫无目的地飞翔 / 我穿过曾经破灭的幻想 / 我身边所有冰冷的目光 / 我看不见我的明天 / 只有黑夜给我的茫然 / 我看不见我的明天 / 是否还将重复着昨天”。(《悄无声息》) 遭人误解，被人冷落，无地自容，而自由始终是一个多义词，许多时候我们都看不见我们的明天，明天该会怎样？她正悄无声息地走来，她是不是只是昨天的重复呢？我们已经害怕那千篇一律的生活，我们需要“新鲜的刺激”。

“我思念的城市已是黄昏 / 为何我总对你一往情深 / 曾经给我快乐也给我创伤 / 曾经给我希望也给我绝望 / 我在遥远的城市陌生的人群 / 风路过的时候没能吹走 / 这个城市太厚的灰尘 / 多少次的雨水从来没有 / 冲掉你那沉重的忧伤 / 你的忧伤像我的绝望 / 那样漫长”。(《我思念的城市》) 一个生活在城市里的流浪者，辗转反侧，居无定所。他是自由的，但这自由充满痛楚和困惑。

再后来，许巍又接连推出《那一年》《时光漫步》《每一刻都是崭新的》等四张专集。这时的许巍已经没有了往日的冲动和执拗，变得随和、随意和感恩了。“没有什么能够阻挡，你对自由的向往”。自由的元素始终充斥其间，但是缺少了某些悲壮；感恩的心平静如水，却也淡略了些许激情。正如他在《闪亮的瞬间》里饱含深情地唱道：我忽然忘了我来时的路，它已消失就像闪电……

后记：这篇文章原为某杂志所撰写，但该杂志并未刊发，后收入一部散文集中，对不少青少年读者认识并喜欢许巍有一定影响。

修校这篇文章时，我发现离最初写下它已 6 年有余，而离 2003 年那次与巍哥见面已过去了 10 年。

校订文本时发现，有一些语句不太像是我自己所写，特别是那些资料性和描述性的内容，与我的写作风格有很大出入，它们应该是当时摘录于某些报道或资料，可我现在无法找到具体引自哪些文章和作者，深感不安……只能在此致以诚挚的歉意。

当时的许巍，大概也就是我现在的年纪。这么多年，除了在电视上，我再也没有见过他。他前两年推出的《爱如少年》以及近期推出的《此时此刻》，我依然喜欢。上次解玺璋老师来合肥，闲聊间，他告诉我，许巍曾与他住在一个小区……

萌芽与非萌芽[①]

十年前，我们少不更事，真假不辨，好坏不分，疾恶如仇。我们作为好学生或者坏学生，尚无法摆脱在教室里面壁的厄运。韩寒扛着三个精巧别致的门气喘吁吁地向我们走来，告诉乖巧的大多数和顽劣的极少数——门开了，秘密闪现，这世界充满着诡辩、邪恶和压迫，出生于80年代的我们便提前告别蒙昧状态，初生牛犊无法容忍道貌岸然的蒙蔽和壁垒森严的桎梏，他们开始用幼稚的真理武装自己，无法无天地向传统宗法宣战，同道德伦理对抗，用锋利的匕首刺穿自己的胸膛，青春热血喷涌而出，染红整个文学界的天空，让无数文学青年、文学老人、文坛混子和文化流氓刮目相看。

时至今日，这种靠出卖青春的写作已日趋虚弱，从近几年《萌

① 本文原为《最后的盛典》序，原名有点大言不惭，叫“我们背负着诺贝尔的希望”……——作者注。

芽》杂志新概念作文大赛的影响力愈来愈小可以看出——青春已成水中花，尽管还有浮花掠影式的惊艳间或闪烁，但已难见昔日冲锋陷阵、敢于直面惨淡人生和正视淋漓鲜血的“真的猛士”。青春已不在，世故突来袭，成年已定格，生存的压迫已让大多数青春作家不得不暂别，甚至放弃自己狂热的文学理想，而向市场、商场、官场、名利场投降，所有关于青春的文字几乎已变成伤感的记忆、浅薄的呓语、一厢情愿的自恋梦话和虚假空乏的爱情玄幻故事，随着各种体制的逐步腐化，他们锋芒毕露的思想开始变成老奸巨猾的左右逢源，他们不安现状的挑战书已变成随遇而安的乞讨词。

可以说，“萌芽”阵营里的大多数作家都已失去了创造力，他们沉浸在昔日的辉煌中回味着文学之外的虚假繁荣，裹足不前，只有刘卫东、张悦然等极少数作家在不停地超越着自己，为“萌芽”争取更大的光荣。同时，郭敬明凭借他华丽的语言、感人的故事和高超的策划能力，制造了青春文学长盛不衰的神话，抛开种种非议和欲盖弥彰的炒作，他的某些方面是值得肯定和褒扬的，至少他对待文学的态度是虔诚和持久的，至少他成了很多90后文学爱好者的精神领袖和写作楷模。

相反，当初没有参加过新概念作文大赛或参加了被淘汰的作者——我们把他们称之为“非萌芽”作家，经过多年的沉淀，已日趋成熟，并逐渐成为80后文学的中坚力量。当初他们没有自己的平台，俨然一群散兵游勇，盲目而高傲地驰骋于文字的疆场，经历了长达十年的人生百态和世间冷暖，他们从建筑工地、精神病院、农村瓦房、贫民窟和工厂里走出来，他们经历了“萌芽”作家所没有经历过的经历，苦难的生活造就了他们的沉着、冷峻、低调和深邃。其压抑在内心深处无处宣泄的反叛变为更沉稳的隐忍，流露笔端的更多是文学本身永不屈服的抗争精神。

“非萌芽”作家群体其实比“萌芽”作家群体基数更为庞大，经过种种复杂的考验，这最终留下的——必然是最优秀的作家，他们代表着80后作家最顶尖的创作实力，现在他们即将集中闪亮登场。

“非萌芽”作家群中出道较早的孙睿近些年来的创作呈现出更多的思想光芒，从《草样年华》到《我是你儿子》，幽默机智一直是他的基本风格，这在他的散文和随笔中也随处可见。他是偶像作家中的实力派，并且随着年龄的增长和创作风格的转变，偶像的光环会逐渐从他的身上褪去。恭小兵和李傻傻的出道也比较早，并且作品的质量较高。几年前他们相继进入媒体，繁重的工作戕害了他们的创作能力，磨损了他们独立的思想，这两年鲜见他们的新作，实令人遗憾。据说，恭小兵刚刚辞职，这对他来说或许是件好事，希望他早日回到写作上来。承德作家远观近年来致力于散文写作，成绩斐然，他的散文叙述风格自由洒脱，值得关注。

近年来，先后有四位女作家横空出世，她们分别是安意如、郑小琼、苏瓷瓷、李承恩。安意如把古典散文推向了高峰，并在市场上取得了巨大的成功，她是一个残疾人，面对生活却时表现得如此淡定，我们没有不钦佩她的理由。郑小琼、苏瓷瓷、李承恩的出现是当代文学的收获，并且她们的创作势头相当迅猛，这是值得庆幸的。郑小琼先后获得了“人民文学奖”“华语文学传媒大奖”提名奖、“庄重文文学奖”等重要奖项；苏瓷瓷先后获得了“中国小说排行榜”及“春天文学奖”，就在前不久，李承恩获得了“柔刚诗歌奖”。获奖虽不能代表什么，但至少可以反映出主流文坛对她们的肯定和认可。

每次见到莫小邪，她都会说：“许多余你的小说写得太先锋了，我都不敢再看下去。”我说，我还会更先锋下去。在我看来先锋不是标签，而是一种品格，是一种孤独求败的精神。记得有个读者跟我说，他们有一次在酒吧聚会时边哭边背诵我的诗歌；记得有一位读者在我的博客上留言，他因为看见一本文集里有我的名字而一口气买了10本；记得……太多的记得会让我流泪，我只能设法忘却，请原谅我的残忍。但是我知道我的小说和诗歌都不属于大众，它们永远属于小众，只有那一小部分走进我，欣赏我的一举一动，倾听我心跳的声音，是你们让我感到骄傲和幸福。

诺贝尔物理学奖获得者杨振宁先生在一次演讲时说：二十年内，诺贝尔奖一定会在中国产生。随着中国经济的进一步开放和发展，中国文学也会逐步与世界文学接轨，原来一度盛行甚至成为主流的民族主义文学一定会被更为开放的文学形式替代。文学是漫长的，最先把握话语权的也一定会最早丧失话语权；文学是独立的，模仿和返祖都解决不了问题；最终胜出的也必然是最勇敢的开拓者和最强大的创作者——假若真如杨振宁先生所言，背负着诺贝尔希望的作家们不能再让大家失望。我们有理由感到幸运，因为我们生存的环境正慢慢发生着微妙的变化；我们也有理由自信，这一篇篇力透纸背的作品会代替我们说话——这是最好的证明，也是我们一代人的精神。

论那多的阴谋和《萌芽》的倒掉①

几年前，当我还是《萌芽》铁杆粉丝的时候，开始看到那多的名字。在那个封闭的小县城里，我应该是第一个《萌芽》的持久购买者，当时我们那穷乡僻壤这杂志没得卖，我把几个星期的生活费省下来，汇款到上海巨鹿路，《萌芽》的编辑还给我回了封信，大意是感谢我对贵杂志的支持，欢迎参加新概念作文大赛云云。那时我的名字还不叫许多余，好像叫柔什么风，一个鸟名字。杂志社还送了我一些过期杂志，这对当时的我来说可都是宝贝呀！说实话，那时候的《萌芽》总体来说作品质量还是比较高的。但那多主持的刊中刊我一般不看，感觉戏耍的成分多，琐碎而无聊。

① 此文写于 2009 年上半年，当时适逢我与孙睿主笔的《最后的盛典》（小说卷）出版，客观上有一定的炒作嫌疑，是为配合出版商的推广，肆意挑起的“非萌芽”与“萌芽”的纷争，后来又有诸多萌芽和非萌芽作家参与进来……这对《萌芽》杂志以及那多等是不太公平的，我的论述充满情绪化，理据也不充分。

但我一直不知道那多就是主编大人赵长天[①]的儿子。直到近两天，看到网络上流传的关于那多倡导“真写”运动，众作家云集响应，才知道，啊，原来是这样。

我对那多的印象仅仅停留在他的名字上，他的书我一本也没看过，写的如何倒不是区区我辈所关心的。他自己也说他不是写纯文学的只要读者喜欢，我不是他的读者，因此谈不上什么喜欢。相反对于他的父亲，我还真的读过他的作品，好像在哪期《大小说月报》上读过他的《再见许鹄》，那期杂志同时好像还发表了陈村的《小说老子》，我感觉这两篇小说是那期刊物里最差的小说。《再见许鹄》好像是写了一个很老套的爱情故事，没有什么新意，而《小说老子》纯粹是玩票，绕来绕去，就差没把读者绕成老子。到后来，我听到一个“关系户”的名词，才勉强明晓这样的小说为何能登大雅之堂。

父亲是大主编、作协主席、著名作家、著名出版经纪人、星探，这让我必须对他的儿子刮目相看。因为他的这个父亲不是一般的父亲，他是韩寒等人的发现者，他是新概念的发起人，他是“萌芽”系列作家的“干爹”！

通过大量浏览那多和他妈妈的新闻（应该是他爹的新闻），我发现那多真是一个阴谋家，首先，他当过公务员，熟知官场的作风和运

① 赵长天，作家，前《萌芽》主编，对早期80后作家及青春文学的发展有巨大的推动作用，一直致力于少年作家的发现与推介，我有许多朋友曾深蒙其恩。先生已于2013年辞世。当日，我曾发微博表示哀悼，并致歉。

作方式；其次，他做过记者，懂得如何炒作；再次，他有一个厉害的爹，有大量的人脉资源。这三个要素是他制造阴谋的充分必要条件。《萌芽》市场化了那么多作家，作为《萌芽》的大太子，理所当然也是其最大的受益者之一。那多的书得以大量出版，批量生产，这里能排除《萌芽》教父赵长天的功劳吗？

那多最大的阴谋是拉拢了数位牛气的市场号召力巨大的作家，为其浅薄的作品棒喝，以勾引一些懵懂的读者，然后把钱装进自己的腰包。这和他自称深恶痛绝的“假写”“代写”没有什么本质的区别。其目的无外乎都是赚钱。赚钱就赚钱，何必还遮遮掩掩的？我也看过叶匡政[①]写的《名人这帖狗皮膏药》，典型的标题党，不知所云，变相吹捧，让人不得不认为他是赵太爷的拜把子兄弟。

《萌芽》现在已经不行了，强弩之末势不能穿鲁缟者也，从《萌芽》网站的人气急剧下跌可以看出，很多“萌芽”作家都已经对《萌芽》失去了信心。《萌芽》大势已去矣，赵太爷得好好反思反思，这到底是为什么呢？而“非萌芽”作家却风生水起，比如孙睿、李傻傻、春树、步非烟、郑小琼、苏瓷瓷、莫小邪、邢荣勤、王小天、刘一寒、恭小兵、韩放、孙飞、安意如、笛安等（这串名单可以拉得很长）。“不患贫而患不均，不患寡而患不公”对于一切大抵都应该是适用的。

① 叶匡政，学者，诗人，当时列举其文作为反例，纯属偶然，这应该并不妨碍其力挺的诗人导演老巢在日后成为我的好兄长。

区区几员虎将，解决不了根本问题，或许可以挺起《萌芽》的大太子，但拯救不了《萌芽》杂志和青春文学。况且这几员虎将现在已“大权在握”“各怀鬼胎”，赵太爷和你的宝贝儿子，千万别把这多余的话置若罔闻。吾言虽逆耳，但绝对是忠言，利于行。

2009年5月

画皮，局部变质与伪善的面具

——中国科学技术大学《伏热》当代艺术展小议

一直想为孙彤说点什么，总奈俗事缠绕无心动笔，又或疏于才学而不敢执笔。怀着对当代艺术的敬畏，今方鼓起勇气聊发数言。谈不上什么评论，权当小议，不登大雅。

2009年6月6日，中国科学技术大学现代艺术中心当代艺术《集合》联展隆重开幕，《孙彤·伏热》及《许多余·诗歌朗诵会·行为艺术》作为该展第一个单元展顺利展出。

其实，该次展览重点是在画展，虽然张源平老师和中国科学技术大学现代艺术中心杨重光教授也把我的诗歌朗诵和所谓的行为艺术列入其中，但我深知自己最多也只能算是作为一个暖场的起哄者。有句话叫“道不同，不相为谋”，而我是“道不深，不敢为伍”。“道”，更多时作“路”解，而少作“道行”和“修养”，此为其二，为此本人深感惶恐。

关于许多余的“诗歌行为朗诵”，诸议较多，本人在此不想再做任何评议和回应。让喝彩者鼓掌，让痛恨者唏嘘，让无知者无畏。这就回到孙彤的作品。

画家孙彤到底属于何种画派，这不是我所关心的，此是遵照杨重光老师“莫以诗歌和文学的角度谈论画家和绘画”的严重声明。但把孙彤归属于当代先锋艺术范畴，我以为并不为过，因为他的作品确实是先锋的，并且具有直击人心的力度。

对于像我这样没有一点绘画基本功和绘画理论的“旁观者”来说，欣赏或评价孙彤的作品，或许具有一定的难度，但我无法克制自已想要表达感觉的冲动。孙彤的画作通过把人的面容“解构”，变成一种像魔鬼面具一样极易撕下的“画皮”，合张源平老师的命名那叫“皱妆”，但我似乎不能认可这种命名，“皱”是真的，但是否是“妆”？我们不得而知。但叫“皱”什么呢？“皱皮”？“皱形”？似乎又不太合题。其实，我觉得叫“画皮”还妥当一些，“画皮”不仅仅是画，更是皮，是魔鬼伪善的面具。画皮是有生命的，充满戏剧和变幻，孙彤的画则正是如此。

艳丽的脸庞，苗条的身段，天真的笑脸——这些美好的、虚幻的，都隐藏在“画皮”之下。当我看着那些充满魔幻的画作之后，内心往往汹涌着冰冷而真挚的冲动——就算魔鬼，也有其真实的一面；就算天真的孩子，也有他伪善的时刻；而善于制造假象的女人就更不必细说——我们几乎无法判断她们的真假。假若，爱情仅仅是一种生活的姿态，她需要摆出各种美丽动人，勾人心魄或丑陋无比令人作呕的“POSS”，来满足我们的视觉或者原始生理的需要——但这恰恰是最真实的。我想孙彤应该和我一样，脑海中时常出现的影子让我们不知羞耻地起来，在每一个清晨和夜晚，它罪恶，它雄心勃勃，它让人想入非非，羞愧难当，又激动不已。

孙彤的《草莽的爱情》，从另一个侧面也在反映着我们原始的“潜意识”，若按哲学家弗洛伊德的分析，在人的“潜意识”之前还有个“前意识”，人们意识之外的没有主观能动的——直接而恣意的丑态。在局部变质中，人们依然带着各种面具，以让我们视听混淆、神经错乱。事实上，你还是你我还是我，早已成为经典的谎言。

2009年6月

给幸福一个怎样的说法

——关于《黄桥幸福计划》· 2010 第二届安徽当代艺术双年展的私家阐述

对于幸福的阐释，首先，我有幸在合肥能够认识那么多艺术家，并和他们成为朋友，这种感觉说来是幸福的。各位领导，各位老师，各位来宾，各位朋友，女士们，先生们，这不是客套话。

2007 年 5 月，我在步行街“乞讨”，张源平老师认为我那是行为艺术，于是我便将计就计，搞起行为艺术来了。说来汗颜，当时我还不知道什么是行为艺术。

但这并不妨碍艺术作品本身。近几年听说有位没有什么科学知识的农民兄弟制造了飞机，并且飞上了天，假若他比莱特兄弟早出生个几年，谁敢说他不是伟大的发明家呢？

几年来，我陆续做了一些行为，是不是艺术我不知道，也不关心，重要的是每次参与，并与大家一起分享那份快乐。我还借此混进安徽艺术圈，还与诸多艺术大师们探讨当代艺术和先锋艺术。我不得不承认，我的脸皮是够厚的，不懂艺术还貌似对艺术有着自己的理解，无知的时候就装深沉、玩状态、瞎闹腾。有人说，当代艺术就是要猴的，我原先对此观点很是反感——那岂不是让我们这些所谓的艺术家妄自菲薄吗？后来在张源平和谢泽老师等诸位大师的一再重复灌输之下，我终于认同了。当代艺术确实是要猴，至于谁是猴以及是人要猴，还是人被猴要，以及观众要艺术家，或者艺术家被观众要，这些才是重要的因素。一座城市不会因为一出猴戏而变得繁华，但要猴人的执着精神和奉献精神，对于一座城市来说，是重要的，甚至有可能还会成为一座城市的人文标志。但我也不得不说明，我们这些所谓的艺术家虽胆大妄为、我行我素，但内心都是柔软的，态度是真诚的，我们只有一个单纯的目的，套句上海世博会的台词——城市，让生活更美好。

话说 2009 年末，谢泽、朱迪等天才摄影家在久留米美术馆举办了一场“城市 SPA”，在诸位领袖的不懈怂恿之下，本人准备于 SPA 当日大跳脱衣舞，用以为摄影展暖场，后因本人保守胆怯，只脱了上半身，下半身虽也脱了，但我事先却准备了一条超长短裤，结果招来参展美女之不满，大呼上当。试想一下，我一个搞写作的，怎么能让别人只谈论我的身体呢？我不是演员，不想成为“男阿娇”或“男兽兽”，以后也没想过去当三级片的男一号。朱迪上次谈及我的腿毛时，不无羡慕地大肆称赞性感，这目的不也达到了吗？能让美女们想入非非，此乃荣幸之事也！如果把先锋艺术中的绘画说成是手淫——“我画我快感”，那行为艺术就是意淫——“我行为你快感”，并且，意淫是需要境界的，不是你随便想一个对象就能找到那种感觉，就算你找对了人，还需要天时地利人和呢！

同样，幸福也需要天时地利人和，就像昨天我在黄震大哥家蹭饭。你也知道，大师家的饭可不是那么容易蹭的，不但要解决碗的问题，还要解决饭的问题，最主要的，是如何让大师授之以碗，因此我首先摆出了老乡的姿态以拉拢我这个白痴与大师之间的艺术差距，我们都老乡了，你还有什么理由拒绝我呢，若实在无共同语言，我们谈谈家乡的风云变迁总该可以吧。所幸我们聊得还算可以。黄震兄两年添两子，大女现已生龙活虎，多愁善感，在我和她爸爸竭力营造我们的两人世界之时，她却竭力要营造我们的三人世界，并且要发挥她的作用，一会儿爸爸抽烟，一会儿爸爸喝水，好不乐哉。就在此时，我看见了黄震脸上那满足的幸福感。黄震若有所思地对我说，多余，你也要个孩子吧。我说，我还年轻，再过几年吧。其实，我在心里想，我有100多个孩子了，他们能健康成长——就是我目前最大的幸福。尽管，我不知道这种幸福还能够延续多久以及它能够得到多少扩散，但我明白，独乐乐不如与人乐乐的道理，并且深有体会——独幸福，不如与人幸福。黄震大哥在谈到孩子的时候不无悲伤地对她的小女儿说，你知道吗，有那么多可怜的孩子，他们读不起书，而我却无法解决，我只能更爱自己的孩子。而此时，她的女儿天真地看着地板，在研究那些或明或暗的条纹。黄震说，等他把眼前的项目做完了，一定要拿出几十万来，做点公益的事情。大家鼓掌吧！

幸福，一种持续时间较长的对生活的满足和感到生活有巨大乐趣并自然而然地希望持续久远的愉快心情。幸有“土”和“¥”构成。土，代表土地和房子；“¥”代表金钱；福是一家人，要有吃的（田），有衣服穿。幸福就是一家人吃穿不愁，有土地种，有房子住，有钱花。一家人在一起，有一个温馨和睦的家。

幸，可以和“不”字组合，不幸的人就是没有土地、房子和没有钱花的人。福，没有和“不”字的组合。所以有吃的、有衣穿，就是有福的人。

但是，也是因为土地、房子和钱，“有钱人”在过度追求物质的时候也会因为欲望的无度而迷失，以至于成为“不幸的人”。这可能就是宇宙物质学的“能量守恒”和数学上的“循环论证”。

所以，幸福更多的时候不是量的累积，而是度的满足。同样，对于艺术而言，幸福不是作品数量的多少，而主要在于作品质量和品质的低劣。

所以，幸福是可以“计划”的，幸福更多的时候是计划经济时代理想主义者的浪漫产物，但它同时也是商品经济时代现实主义者的理性产物。这就是虚幻的精神和实在的物质，对于“人”的主观和客观不同类型和层次的满足。

当我们理解了幸福的本质，我们就能更深切地感受“千金散尽还复来”，就能更真切地体验“铁马冰河入梦来”。物我本同性，舍物我仍在。才华虽被染纤尘，躯体耗尽心不死。这是每个伟大艺术家殊途同归的乌托邦情怀。

一座现代化的都市正悄然耸立，这里有着管理者的精心谋略，有着科研者的殚精竭虑，同时更有着民工的鲜血、汗水和泪水，有着艺术家的渴望、焦灼和悲悯。在这个有着几千年历史的文明国度，我们所热爱的祖国——中国业已实现了腾飞的梦想。我们所期望的民主和自由，一直像一位怀胎十月的年轻母亲，虽风姿绰约，情义浓浓，但因自身力量的匮乏和地转偏向力及万有引力的影响，而始终姗姗来迟。作为艺术家，我们最大的痛苦是，我们无法加速她的步伐，因为我们害怕她摔倒，我们更无法承担她轰然倒塌后的责任。

但我们希望，能够给幸福一个恰当的说法，尽管这或许有点自欺欺人，但我们宁愿相信，这一切是真实的，因为，聪明的你，迟早会理解。

在石灰窑里听石头说话

第一次见到石灰窑是在安徽的淮南，一个叫外窑的小镇。那时候我大约8岁，父母在淮南做矿工，暑假把我接了过去。一天我和当地的几个小朋友一起上山采摘野山枣，一不小心掉进了石灰窑。所幸那个窑里石灰不多，我先是感到一股呛人的味道，接下来眼前一片素白，便什么也看不见了，我不敢睁眼，像个盲人凭着感觉寻着光亮走去。有几次我的头碰在窑壁上，但恐惧让我忘记了疼痛……直到我听到伙伴们大声呼喊我的名字：许多余！许多余！几只细嫩的小手在我的身上拍打，我知道石灰窑只是跟我开了个玩笑。

读唐朝晖的长篇散文集《一个人的工厂》，让我对石灰和石灰窑有了新的认识。作者作为一个石灰窑里的工人，在长期与石头、石灰打交道的过程中，有许多刻骨铭心的体验。

我们在自然中所见到的石头是坚硬的，他的自然形状和天然的冰冷总给人一种死亡的尸体的阴森。面对巨大的石块、惊险的悬崖峭壁，我们惊叹于自然的造化，惊叹于上帝之手的巧夺天工，而让青灰色或者清黑色的石头变色，除了煅烧，我们别无他法。

你见过石头燃烧吗？当生命逐渐失去重量，轻、更轻，本质的坚硬即将消失，这过程是多么激动人心啊！石头燃烧的过程是生命本质蜕变、生命消亡的过程。钢铁的利爪由人遥控着，它抓起一块块石头，把它们扔进阴暗狭小的石灰窑里，它们在拥挤的空间里相互碰撞、挤压，最终接受人为改造和火葬的命运。

作者通过通红的火焰看到各色的石头在缓慢燃烧，听到噼里啪啦的脆弱而尖利的爆破声，感受到生命的沉重和虚渺、脆弱和坚强。而死亡的临近让人不得不产生超脱生命的冥想——灵魂的力量——我们对于灵魂的认知一直停留在肤浅到让人可笑的程度。

在大型石灰窑里，一切都是平等的，这样一个时刻都充斥着“葬礼”的激烈的声音世界里，作者在石头煅烧的工厂里，感受到粗野的崇高和人性深处的豪迈。“我像一条鱼，每天游荡在声音的大海里，感受着钢铁的声音。在生产厂房里，电与铁的声音淹没了其余所有的声音。被很多人争夺的所谓的话语权，在这里，变成了人的声音、植物的声音被钢铁彻底取消，只有生产的声音。”

人的灵巧和智慧改变了石头单纯的属性，而石头的坚硬又巧妙地影射着人的生命的脆弱，“一根摇晃的绳子，一堵垂直的墙，一根单行的轨道，一个红色的按钮，一面透明的玻璃，暗示着生命每一个薄弱的环节。”一个恣意改变它物意志和命运的人，也时刻有丧失生命的危险。

是石灰窑里的石头告诉我们：生命只有坚硬和柔软两种力量。它们对抗，相互厮杀，两败俱伤。你看见石头被煅烧后放入水中的情景吗？那激烈的喘息声，那从水中窜出来的一串串黏稠的气泡，是对生命意志被改变之后，最后的抗拒和独决。

然而它们最终会被涂抹在墙壁上，阳光直射，空气汹涌，它们的灵魂即将回归。正如我们的生命一样，永远不会消亡。

无法定义的文学和无可复制的文学观

很多年前，当我开始迷恋上写作的时候，我就开始思考这个问题——文学到底是个什么玩意儿？乍一看这题目，好似是在调侃，或者讽刺，大有对文学不敬之意。实则不然，这其实是一个相当严肃的问题。

曾经有无数学者给文学下过定义。语言文字学家说，文学就是文字的学问；社会学家说，文学就是人学；哲学家说，文学是客观世界在人脑中的反映；心理学家说，文学是一种心理活动……凡此等等，花样繁多，不一一而论。但我发现，很少有作家站出来回答这个耐人寻味的问题。

其实，这个问题本来就应该交给作家来解答。但作家们一般不愿意陷入对一些概念的思索，在文学创作和解释学两者中，他们更乐意选择前者——大多数作家宁愿花费一生的时间去写作，也不愿意花费哪怕一天的时间来思考概念。当然，这本是无可厚非的事情，作家本身没有解释文学概念的义务；作家的第一要务是创作出好作品；况且，让一个感性的人去干理性的事情，确实不太合适，也很有难度。

从我个人的写作经验来说，我认为文学是无法定义的。首先，文学具有门类视野的开阔性。政治、经济、文化、生活、心理、观念，无不可以在文学中得以体现。可以说，文学是无所不包的。其次，文学具有经验的狭隘性和独特性。任何一种文学经验最终只能属于作家自己，它不具有具体的指导和参照意义。再次，文学是私人化的。文学是以作家个体的观察和体验作为基础，它所反映的作家的精神和（或）生活状态以及作家眼中的世界（社会）状态。最后，文学评论具有观念上的落后性。相对于作家的创作来说，文学评论总是具有一定的滞后性，因此，时常发生这样的情况：当社会上开始讨论和倡导某个作家的创作观念时，该作家早已否定了自己的观念，并已经开始以新的观念来写作。任何一种文学观都是独一无二、无法复制的。

我在《这个世界哭声太多》真实地刻画了一位小说家的痛苦——“真正让人心痛的不是令人难以割舍的悲欢离合，而是发生在你身边的真实的故事——它们在不该结束的时候结束了，只留下空虚的你，作为一个当事者和叙述者双重地存在。有时你觉得写作对你来说真是一件残酷的事情，你需要把所有不愿遭遇的人再遭遇一遍，把所有痛苦的经历再经历一遍，把所有不堪回首的记忆再一一翻新。作家都是自虐狂，他们做不了别的事情，就专门往自己没有愈合的伤口上撒盐。”

我也曾站在一个读者的角度，描述了自己对精神偶像近乎通灵的感受，“在我眼中，他们（作家）是神圣而不可侵犯的，我从不敢亵渎他们。我以为他们（作家）的灵魂是长生不死的，你时刻可以感知他们的存在，却无法触摸到他们真实的肉体。作家就是那么一个虚实相间神神秘秘的磁场。当你被一种神秘的力量驱使着如履薄冰般忐忑不安地深入他灵魂的虎穴，你将宿命地成为他庞大精神家园里一位忠诚的奴仆，你无法反抗也从未想过反抗，你只有屈从的份儿。当你进入他时，你将作为一种纯粹的精神实体，而与他的某些部分切实相关，呼吸相连，同生共死。你的每一声欢笑或每一滴眼泪的背后，都有另外一个与你表情一致的通感的面孔。特别是当你由于兴奋或感动而发出一声叹息时，你是否清晰地感觉到在你身边的某个地方（对面的墙上、窗外的阳台或门的背后），传来另外一声熟悉的叹息——那样真切的共振绝对不是来源于幻觉，它一定是你的前世、今生或者来生所必然要被引诱的一个回音，并且要刻意地在你灵魂的深处刻下一道不浅不深的印记，以证明你属于他——你没有拒绝的权利。”

但是，尽管文学具有定义上的模糊性和观念上的不可复制性，我们依然不能放弃对于文学的追问，否则，我们便会永远流俗于文学作品的表面，而无法深入作家的内心，从而抵达文学的本质。在这样的背景下，我们还是要找一批作家谈谈，就从他们的个人体验和个人经验出发，告诉我们，你认为文学是什么？此时，对话成了解决这个问题最好的方式。

本书（《文学是个什么玩意儿》）选取了在当前文学界最有影响的三十多位作家和诗人，深入展开对话，以作家和诗人的个人生活和个人作品作为切入点，逐步放大，然后再回归到个人写作观念的探讨上来。

有人说，现在的社会谈文学是一件多么奢侈的事情。确实，在文学日益成为像奢侈品一样小众的时候，偶尔在精神上奢侈一下，或许会给你带来意想不到的新鲜气息和收获。

许多余，2010 年 11 月 8 日晚 写于合肥蜀山名筑

不朽的流派

——86大展二十五周年纪念会侧记

对于“流派”一词，我曾一度没什么好感，甚至充满不解的恨意。这可能源于初写诗歌之时，多个大门曾对我关闭。那些沉闷的关门声曾迫使我将自己封锁，并大张旗鼓地与各种诗歌流派对抗——当然，我说的是当前的一些所谓的流派。

25年前，在徐敬亚先生号令下，一些现代诗歌流派应运而生，那时的流派与当今的所谓流派截然不同。那时，中国诗歌的先行者们，其创作态势正处于井喷期，可与之相对应的“平台”（文学刊物、报纸）意识陈旧，一直掩盖、压制好诗，误导、欺骗读者，甚至阻碍了现代诗前进的步伐。

当时，不像今天，没有“网”，“纸质”是作品得以传播的唯一途径。诗人们若想“突围”，就必须以小集体的形式“发声”，从而打破顽固的枷锁和桎梏。具有领袖前瞻性的徐敬亚先生，他在中国诗歌最迫切需要他站出来的时候，毫不犹豫地站了出来，在祖国南方的一个新兴开放城市——深圳振臂一呼。殊不知这一声怒吼，几乎改变了现代诗的格局！

在此，我不想再对徐敬亚先生做更多的赞誉，那些溢美之词已经泛滥、油腻。但我依然对25年前的那场风暴心驰神往，充满敬意。如果没有86大展，北岛、芒克、多多、舒婷、杨炼、顾城、梁小斌、王家新、王小妮、杨黎、周伦佑、何小竹、于坚、韩东、默默、王寅、黑大春、欧阳江河、严力、张枣、海子、西川、柏桦……这些在中国诗歌界响当当的名字、诗歌可能就没有那么快进入我们的阅读视野。不敢设想，假若错过他们，中国当代文学史就将显得苍白，甚至耻辱。而这些光彩夺目的名字，正是诗歌缪斯颁发给徐敬亚先生的勋章和奖牌。那些深入内心的看不见的光荣，比许多挂在胸口的贵重金属，更美丽动人——因为，那是可以再生的信仰！

重新审视流派，当年的策展人自己曾经清醒地意识到其流弊：夸张的诗歌规模、虚假的诗歌流派、放肆的诗歌主张。这些在一定程度消解着诗歌流派的积极意义，但远远不足以成为抹杀流派“存在过”和“存在着”的价值。连真理本身都存在着瑕疵和缺陷，更何况流派？太阳上的那几个小小的黑子，根本不影响其发出的“光”和“热”。

流派的意义，除了徐敬亚自己总结的“促进了艺术民主、激活了诗歌创作、形成了示范效应”，最重要的是“它，以自己巨大的规模和浅薄的水准向世界表明：人类本世纪最极端的苦闷，在文化衰落的古国已经撒下了无边无际的、焦急的种子，从而形成了一处当代世界上最盛大最混乱的诗歌集贸市场”。

五年前，86大展二十周年纪念会在黄山隆重举办，多多、严力、李亚伟、李少君、陈朝华、杨克、周墙、王明韵等很多重要的诗人莅临现场，作为当年承办大展（《诗歌报》《深圳青年报》）的刊物《诗歌报》的传承者《诗歌月刊》在2006第11期还以特大号的形式隆重推出了“《诗歌报》《深圳青年报》1986-2006‘现代诗群体大展’20周年回顾展纪念专号”。专号刊发了当年发起人徐敬亚、姜诗元两位诗人的回顾文章；刊发了具有代表性的第三代诗人，包括柏桦、于坚、陈东东、李亚伟、翟永明、孙文波、何小竹等人的“86大展”作品、新作以及访谈和照片。

今年9月，我在中秋诗会上正式结识韩庆成先生，后来往较为频繁。前不久，庆诚兄电话告知徐敬亚将来安徽商讨中国诗歌流派网上线事宜，邀我届时相聚。不出几日，徐老果然飞来，当晚在黄震工作室进行商讨。我提议可将“86大展”二十五周年纪念会和网站上线仪式结合，众人一致认同。可是那时已是夜里十一点多了！

赶紧落实场地！这个“美差”就落到了艺术家黄震先生头上。具体细节，在此不赘述。

次日晚六时许，众诗人相聚38所，回顾当年大展盛况，探讨未来流派的发展以及具体的诗歌创作。

且看当晚的部分与会者：

徐敬亚，86大展的策展人，这个中国当代诗歌的积极推动者，文学史中的人物，至今依然激情洋溢，斗志昂扬。他思想深刻，发言简约而不简单。他仍有远大的理想和抱负！他想把诗歌实体化，比如成立诗歌基金会、国际诗人村等。他的身体里流淌着火焰。

蒋维扬，前《诗歌报》的主编，在他的主持下，《诗歌报》成为当年中国先锋思想的重要发源地，他扶植、栽培了一大批优秀诗人，现在很多都还是中国诗歌的重要力量。虽银发飘飘，但精神矍铄，谈及诗歌，饱含热情。

海波，这个铁骨铮铮的汉子，86大展的推动者之一，充满传奇英雄和悲情色彩的喜剧诗人，在会议两小时前突然宣布要自南京赶赴活动现场，他还刚刚做过手术！他的从天而降，一度让活动达到高潮。

黄震，当代美术史和美术教科书中的人物，一个热爱诗歌的艺术家，不仅读诗，也默默地写诗，并且还计划在未来拿出以自己的艺术品换来的“银子”，设立民间诗歌奖——中国黄震诗歌奖。没有他的无私付出，此次活动可能就没有那么完美。

祝凤鸣，90年代中国诗坛上最活跃的人物之一，曾编辑《诗歌报》十载，其诗歌作品厚重、质朴，至今仍然影响着很多诗歌写作者。他学识渊博，出言谦逊，为人低调而高傲，令人敬畏。

吴少东，曾经淡出诗歌界的优秀诗人，近年来返回，一口气创作了大量优秀的作品。他近期的诗歌，在细节的把握上凸显出高超的技巧，其运用语言的娴熟和表现诗意的纯粹，让人震惊。

黄玲君，《诗歌月刊》的编辑部主任，这个年轻的女诗人，把自己的青春奉献给了诗歌事业，其对诗歌孜孜不倦的追求和奉献让我辈敬佩。

汪抒，《抵达》阵营的“旗手”，一位乡村教师，他执着于诗歌，实践于诗歌，他正以精巧轻盈的语言向诗歌“抵达”。

韩庆成，一个曾经一度抛弃诗歌的商人，近年来被诗神召唤，他正直、正义，他以诗歌的形式，对现实展开深度的切入和积极干预。自掏腰包建设中国诗歌流派网，即将为中国新诗的发展产生不容小觑的作用。

……

还有一批年轻的诗人：雪女、红土、潘建设、往事如刀、指间沙、闫超华等，正以诗歌燃烧着自己的青春。

当晚，38所设立了丰盛的晚宴，众诗人把酒言欢，快哉！

次日，徐敬亚、黄震、海波、祝凤鸣、韩庆成等又在周非主任的带领下，游览了38所位于紫蓬山顶的基地，午餐就在山顶上举行。那是一处绝妙的地方！

徐敬亚先生曾说，他“不过是提前20年做了一次网页”。现在，他把“网页”发展成“网站”了——中国诗歌流派网。它不仅仅是网站，也是纪念，更是传承，以及新使命的诞生。

最后，向此次纪念会的承办方38所及吴曼青院士致以崇高的敬意！正如傲然矗立于你们大门口由艺术家黄震先生所创作的雕塑《使命》和高悬于会议室里由诗人梁小斌先生创作的《神眼赋》所昭示的那样——你们所创造的，不仅仅是先进的科学，更是伟大的艺术。

正在发生的文学史

某次与一帮文艺青年相聚，席间谈及历史及历史遗留问题，一大龄文艺女青年在听罢某著名新锐评论家关于哪些不出名的作家和诗人终会被历史记住及哪些目前虽名声显赫但作品经受不住时间考验最终会被历史遗忘的阐述后，突发最强音，我们与历史同行。此言一出，立马掌声雷动。而事实又何尝不是如此？中国的知识分子历来都有把“留名青史”作为个人价值体系范畴内的终极追求。但最终能够被历史记住的却仅仅是少数人。那沉默的大多数，不是因为自己主动选择沉默，而是他们无法发声，我们很难听到那“被沉默”的大多数中最真实的声音。有人说“时间是最好的老师”“时间能说明一切”，但遗憾的是，时间最终把所有的学生都杀死了。所以，若从方法论的角度来说，把历史交给时间的做法本身就是不科学的、落伍的。每一个人都是历史的缔造者和改写者。但历史的记录者总是动作迟缓，或有意欲盖弥彰，因此史无对证的情形时有发生。

在信息传播速度如此之快和信息传播方式如此发达的今天，我们对于历史的态度和研究方法是否应该转变？这无疑是一个亟待研究和解决的问题。在这个问题解决之前，作为有与历史同行意识的我们，是否该做点什么？这就是我写作此书最重要的目的。

自“80后”一词产生以来，这个群体一直饱受非议。什么“不负责任的一代”“颓废的一代”“垮掉的一代”等批判、指责甚至谩骂充斥于耳。首当其冲的80后作家和80后文学，更一直承受着来自新闻媒体、传统文学和文学评论界的各方质疑和批判，鲜有肯定者。一些学者和批评家总以为我们这群作家和诗人年龄还小，还是孩子，甚至有人说，80后作家所写的东西还十分幼稚，根本没有什么思想，因此，他们还不能被称为“作家”，他们的作品还不是文学作品，而仅仅是习作。我自己也曾不只一次遭遇这种尴尬的局面，比如在某次饭局上，一位作家当着大家的面义正词严地说，许多余写的作品肯定是肤浅的。我问他读过我的作品没有，他理直气壮地说没有。我也曾遭遇一位官场文人，其对待我和同行们的论调同样处于一种十分鄙夷甚至不齿的境地。在这种情况下，我一般都给予了激烈的还击，我十分讨厌在对别人作品一无所知的情况下就做出武断甚至是恶意中伤的评价。凡有这种侩子手和市侩气息的——不管他是多么牛的前辈，我一概毫不留情地予以鄙视。当然，我并不是想以此举来为自己和80后作家这个群体争取和证明什么，因为那时的受众是狭小的，它不足以代表当前社会文艺界的态度，但愤怒有时难免让人失去平静。与以往几个年代的写作者不同，我们并不太关心所谓的话语体系和处世原则，我们更关心的是个体独立人格的尊严。

在当前物欲极其膨胀的社会环境背景下，能够选择坚持写作，并把写作当成理想来追求的人，是需要勇气的和值得尊重的。正如某位教授在一次课堂上对他的学生说，现在热爱诗歌和坚持诗歌创作的人，是需要勇气和值得尊重的。我们能承受贫富差距的逐渐拉大并且安贫乐道，但无法容忍自己一再被忽视或者被侮辱。我始终认为，敢于对立和敢于反抗是一种可贵的精神，是将自己与世俗隔离以免受其侵害和骚扰的唯一方式。体验和经验固然重要，但作为一个文学创作者，若丧失了起码的人格尊严、道德意识、童真、浪漫主义和乌托邦情怀，其作品也必然充斥着现实主义和功利主义的世故圆滑，当所有的文学和艺术都成为教唆向恶的工具，成为讴歌政治化的空泛大词时代的发声筒，而变成处世哲学的另一种故弄玄虚的翻版——文学作为人类灵魂清洁剂的功用何在？文学作为理想追求的意义何在？文学创作的经验不是要求所有的作家都需要把自己变成“所有人”，而仅仅是需要作家去感受“所有人”。很多人在描述那些伟大的作家和艺术家时，都喜欢说“像一个永远长不大的孩子”，事实上，所有能够修成“正果”的作家或艺术家，最重要的原因就是他们捍卫住了自己的单纯。青春和爱情一直是人类艺术中两个永恒的命题，这难道不正是青春文学的价值所在吗？

鉴于人们对80后一词的误解和误读，《笔尖的舞蹈》在开篇第一编第一章概述部分就阐述了80后的来源、产生、发展、现状和精神面貌；由于近年来青春文学大受追捧和在图书出版市场大肆泛滥而被一些行内人士诟病，我在第二章着重介绍了中国古代文学和现代文学史中的青春文学，在对比中简单介绍了早期80后代表作家和代表作品，进一步分析80后作家的创作模式和创作走向。

在第三编和第四编，本书将80后作家划分为以韩寒、郭敬明、张悦然、周佳宁、蒋峰、小饭、刘卫东、李海洋、胡坚、张佳玮等为代表的“萌芽作家”和以许多余、春树、李傻傻、孙睿、步非烟、恭小兵、王小天、蒋方舟、笛安、孙飞、安意如、苏瓷瓷等“非萌芽作家”两个大的“流派”，加以归纳、概括和论述。对他们的作品给予了较为详尽的介绍和相对客观的评价、论述。此为该书的核心部分。

谈80后文学史，当然不能少了80后诗人，所以在本书第四编里用了四章的篇幅来介绍80后诗人群体。据调查，80后诗人这个群体相当庞大，在数量上远远要超过80后作家。有信息可查的80后诗人就有2000多人，鉴于本书作者本身资源的有限、所掌握信息的匮乏，加上一些一直隐匿于地下的诗人，估计这个数字还得再增加一倍。但我敢肯定的是，目前诗坛上活跃的所有80后诗人，在该编里都有所论述。

第五编诠释的是在80后作家处于急于命名阶段的某种文学现象。具体介绍了在当时有着一定影响的“五虎将”“五才子”“五才女”和

“一百零八将”，详尽地分析了这些所谓的“小团体”产生的背景和可能性原因，以及他们的作品、现状和存在意义。

本书最有个性的论述要数第六编，本编详细地介绍和归纳了许多余的“状态主义”、曹谁的“大诗主义”和衣水的“性感诗学”等在80后文学创作中有重要影响的“原创性”文艺理论。这些理论可能现在看来还不甚成熟，但随着时间的推移，还会不停地丰富和发展。

港台地区80后作家为本书最后一编，本编较为系统地介绍了香港、澳门和台湾地区的80后文学现状和作家作品概况。

在本书最后的“附录：80后诗人索引”部分，概括地介绍了1000多位80后诗人。

该书的创作过程中，得到了诸多80后作家和诗人同仁的支持和帮助，许多兄弟姐妹自发地义务帮我搜集了大量资料，提出了很多有建设性的意见，在此一并对你们表示最诚挚的谢意！尤其是青年诗评家潘建设和青年作家郑北周两位先生，不遗余力地帮助本人撰写了“萌芽作家”“非萌芽作家”和“80后诗人”中的部分章节，可以说，他们也是此书的参与者和创作者，请允许我向他们表示由衷的感谢！

另外，80后作家和诗人群体十分庞大，鉴于本人所掌握的信息和能力有限，不足之处在所难免，恳请同仁们予以谅解。

希望此书能对广大的文学爱好者和研究者有所裨益。80后文学是正在发生和发展的文学，80后作家和诗人们每天都可能有新的优秀作品产生，这个群体正在壮大，并且日益成为整个中国文学的主流。鉴于此，本书将会在未来每隔三年左右推出一部修订本，增进一些在新时期内取得重大成果的新人和新作，以弥补与历史同行的80后文学史，使其更加客观和公正。

最后，感谢本书的出版方人天书店集团和电子工业出版社，这本书的出版与你们的辛勤付出密不可分。真正的历史，正是你们创造的。

许多余，2010-11-7下午写于合肥，煤气厂寓所

2012 述职报告

1 月：

中篇小说《死亡游戏》发表于《特区文学》2012 年第 1 期“特重磅”。

做《写作的敌人》主题演讲。

2 月：

结婚。

与中南出版集团签订《远方》《拆迁办主任》等两部长篇小说的繁体和外文版权代理。

3 月：

写诗若干。

《新诗》刊发《冬至》《死亡游戏》等诗歌作品。

《诗歌月刊》刊发《封锁》等诗歌作品。

接受《北京日报》采访。

4月：

写诗若干。

《新诗经》推出许多余系列诗歌《我们正陷入生活的细节》。

新华网推出许多余诗歌专题。

5月：

《延河》（贾平凹先生主编）五期推出许多余小说作品小辑，分别刊发了长篇小说《远方》（节选）和两篇评论。解玺璋老师为此小说撰写评论《天马行空的叙述和乡土气息的语言——读许多余的小说》；衣水先生撰写人物素描《许多余：一个百科全书般的80后作家》。

6月：

接受《中国新闻周刊》专访。

开始装修卡夫卡独立书店。

发起并主持《天津诗人》“网络诗典”栏目。

7月：

继续装修卡夫卡独立书店。

与一些出版社（商）联系采购图书事宜。

兼任中国诗歌流派网副主编、《诗歌周刊》执行主编。

8月：

接受《合肥晚报》《市场星报》等采访。

卡夫卡独立书店试营业。

与《徽商》杂志合作，参与编撰《徽商精英》，去各地探访知名企业家。

2009年出版的小说集和散文集合集分别再版。

9月：

部分诗歌作品刊发于《中国诗人》等杂志。

组织、主持第二届安徽中秋诗会。

10月：

《月光火车》刊发于《佛山文艺》。

接受《今报》等专访。

出席第二届中国（合肥）国际文化产业博览会，做文化创意产业主题发言。

部分诗歌刊发于《天津诗人》冬季号（80后诗歌档案）。

11月：

策划“新生代”书系，与安徽文艺出版社达成共识，计划于2013年初推出第一辑，将出版春树、李傻傻、许多余、郑小驴、甫跃辉、张悦然、王小天、曹永、吕魁、西屿、陈再见、衣水、刘少言、陈少侠等12位80后、90后知名实力小说家的12部中短篇小说集（单行本）。参加“On The Way《低速公路》”艺术展。

去云南旅行16天，先后去了昆明、石林、大理、丽江、西双版纳、香格里拉等地。

12月：

长篇小说《远方》由重庆大学出版社出版发行。《远方》为我最重要的作品，尘封七载，修改六次，命途多舛，终见天日！

《北京文学》2012年12期刊发诗学随笔《我的状态主义观》。

《重读经典》推出诗歌作品《冬至》。

接受一些媒体专访。

参加深圳诗歌节。

2013年1月：

参加“逾界”南京—合肥双城互动艺术展。

“我们的《远方》”——许多余小说作品研讨会举办。

新书《远方》出现盗版，在市面出现三个不同版本。

《远方》相继登上当当、京东畅销书榜。

写《优雅》等短诗若干。

开始写作新长篇《小秘密》。

丧失情色的《诗经》：采诗、献诗与删诗

《诗经》里有大量的情爱诗歌。比如有直抒胸臆并一言道出普天之下好色男的“窈窕淑女，君子好逑”；有在春光明媚之日与美女相约徜徉水边嬉戏的“溱与洧，方涣涣兮。士与女，方秉蕳兮。”“洧之外，洵訏且乐。维士与女，伊其相谑，赠之以勺药。溱与洧，浏其清矣。士与女，殷其盈兮。女曰观乎？士曰既且，且往观乎？洧之外，洵訏且乐”；有与美女幽会并做出大胆举措的“有女怀春，吉士诱之。”“白茅纯束，有女如玉。舒而脱脱兮”；有想美女成疾的“月出皎兮，佼人僚兮。舒窈纠兮，劳心悄兮。”除此之外，还有许多思妇怨夫诗，在此不一一列举。

大家都知道，《诗经》产生和反映的社会生活背景大约在西周初年至春秋中叶，其中与美女相关的诗歌占据着相当大的篇幅；并且，其流传最广泛的作品也多与美女有关。

班固在《汉书·食货志》中记载："孟春之月，群居者将散，行人振木铎徇于路以采诗，献之于太师，比其音律，以闻于天子。"此说首见于汉代，周秦典籍并无记载。历史学家曾断定，班固所言只是根据武帝的"立乐府，采诗夜诵"所做出的简单臆测。《国语·周语上》则言："天子听政，使公卿至于列士献诗，瞽献曲，史献书，师箴，瞍赋，矇诵，百工谏，庶人传语，近臣尽规，亲戚补察，瞽史教诲，耆艾修之，而后王斟酌焉。"

如此看来，不论是"采诗说"还是"献诗说"，这种以诗歌作为娱乐消遣载体的文化活动都与"上层"官方有着较为紧密的关系，甚至可以说都是由官方组织的。

至汉代，又有"孔子删诗"之说，其大意是《诗经》原来有三千多篇，孔子抱着礼仪仁信智的心态删去了大部分篇幅，只留下今天的三百余篇（首）。假若"删诗说"成立，我们不妨试想一下，那删去的两千多篇（首）到底是什么内容呢？这是一个不难想象的问题。孔子是个什么人啊？他是圣人，他怎么能容忍那么多"靡靡之音"存在并大行于世呢？这不与他所主张的仁义道德相违背吗？由此我们可以放心地猜测，那删去的两千多篇肯定大多也与美女有关，诸如思妇、暗恋、示爱，等等。只不过那些文字或许太赤裸了，让我们的孔圣人是可忍孰不可忍，一怒之下，就全给删除。

尽管孔子可以"删诗"，秦始皇可以"废黜百家，独尊儒术"，董仲舒又可以"焚书坑儒"，但他们谁也不能摆脱与美女的关联。不论他个人的权势有多大、知识有多渊博、境界有多么高深，就算一个出家或得道之人，谁也弄不清楚他到底有没有对美女动过恻隐之心，现在没有不代表曾经没有，曾经没有也不代表以后永远都没有。

第三辑

chapter 3

访与谈

好色的读者会喜欢我

《南都娱乐周刊》（以下简称“南”）：介绍一下你的新书吧。

许多余（以下简称“许”）：可否再具体一点呢，我不知道该说哪一本。

南：《80后文学史》，这是一部文学评论吗？

许：《80后文学史》就是《笔尖的舞蹈》，说好听点是80后的文学史，难听点就是为80后作家和诗人这帮人树牌坊的。

南：可有摘录，我看看。

许：有电子版，但暂时不能给你看。

南：还有一本新书是什么？

许：《文学是个什么玩意儿》。

南：哦？这个是写什么的？

许：这个，对话录。

南：是和谁对话？

许：很多啊！估计也有你认识的，哈哈。

南：哦，明白了，你怎么想起来要写这样的两本书？

许：《80后文学史》是因为我对80后比较了解，大部分80后作家和诗人都是朋友。《文学是个什么玩意儿》，这个问题本来就是我一直思考的问题，自己没思考出结果，就问问大家。

南：那最后得出什么结果了？

许：最后的结果是，文学是很多种玩意儿。每个人理解都不一样，所以这个玩意儿，还真成了玩意儿。

南：刚在目录里看到一个名字，我想到以前有个姑娘跟我说她跟他谈过恋爱。

许：哦？不会吧？他们好像跟好多姑娘谈过恋爱……好像还是不同国籍的。

南：一般文人都这样。

许：No，你这叫一叶障目，不见泰山。

南：你是想说，你就不是这样吗？

许：我是白沙在涅，与之俱黑。我只谈过寥寥几次恋爱，有的还是只恋没爱。

南：哈哈，为什么呢？

许：恋是爱的前提，爱是恋的结果。我有几次是只有前提，没有结果。

南：怎样才叫结果呢？

许：结果有两种：同居或结婚。

南：分手也是结果。

许：关键是手都没牵上呢。

南：呵呵。我对你的新书很感兴趣，不过我觉得应该先问问，你对“先锋行为艺术家”这个称号是怎么看的？

许：我在不懂什么为艺术的情况下做了行为，后来被艺术家发现管那叫艺术，直到后来演变成行为艺术。

南：是哪个艺术家发现的？

许：张源平——现在的1958国际艺术馆馆长。

南：他啊？我们采访过的。的确是艺术家。“极度危险的分子”，这是他评价你的吗？

许：他太艺术，身份一直是迷。我一度怀疑他是“特务”。哈哈，我不是危险分子。他才是危险分子！

南：我感觉你以前的艺术行为还挺激进的。

许：你难道看到过我什么时候没激进吗？

南：“与一般的行为艺术家偏向自我排斥社会的封闭属性相比，他的作品更具有强烈的社会属性”。的确，很多作家、艺术家的生活都很自闭，但你好像很喜欢组织一些社会活动。

许：偶尔啦，哈哈。我是开放地生活、封闭地创作。

南：你写了那么多作家，对他们都很了解吗？

许： 那当然。

南： 平时通过什么方式交流？这里面哪些人跟你私交很好的？

许： QQ、MSN、电话。还有是偶尔一起玩的。私交好的很多。

南： 说几个瞧瞧。你写他们，都是往好里写，还是建设性地批判啊？

许： 不能说。

南： 为什么？

许： 这个是得罪人的事儿啊！说了私交好的，那剩下的不就是私交不好的嘛！

有褒扬，也有批判，说了不少好话，也说了不少坏话。总体上应该是比较客观的。

南： 那算了，不说这个了……说了以后估计他们也看不到。哈哈。

许： 你不知道，那些作家们都很自恋的，经常百度、谷歌一下自己的名字。

南： 我还想问你欣赏他们中的谁呢？这也不能问了？

许： 我可以透露下，一般的，美女作家，跟我关系都挺好。问欣赏谁没问题的。

丑男作家，跟我关系也挺好。

南： 哈哈。那帅哥作家肯定跟你关系不好了？

许： 我可没说。

南： 哈哈。你说 80 后的作家跟其他时代的作家有什么不一样？

许：这代人更注重表现自我。很多人发现娱乐不仅可以被明星玩，也可以被作家玩。

南：比如说呢？举个例子。

许：早期“觉醒”的现在都发达了，比如韩寒、郭敬明。一开始就娱乐的，现在发财了，比如张一一。

南：你是不是也准备向他们学习？

许：到现在还没觉悟的，依然很穷，比如许多余。哈哈。

南：你现在还穷吗？

许：看跟谁比吧，跟郭敬明比，那我就穷了。

南：他已经被娱乐过度了，我感觉。

许：这年头，越正经越贫穷。

南：你之前写的小说都挺有乡土气息的，以后是不是准备转型？

许：我以前是太正经了，他们说我是纯文学。现在正在转型。若等老了再转型，那就老不正经；现在转，顶多人说你小不正经。

南：人都往高处走，你这是？

许：我是一开始就站在高处，后来发现高处不胜寒，差点冻死了。所以，我准备现在开始，先从高处滚下来，再慢慢爬上去。

南：看你的经历，你是没做过别的职业，一直在写作吧？

许：做过编辑、导演……

南：导演？拍电影吗？

许：哈哈，我是自编自导自演。

南：舞台剧吗？你觉得什么样的读者会喜欢你？

许：好色的读者会喜欢我。

南：不会吧？

许：很负责任地说，我对得起观众。

南：哈哈。写作和赚钱，这两者有没有矛盾？

许：写作可以赚钱，但想赚更多的钱，就不应该写作。

南：但是人和人不一样啊，也许你可以靠写作赚钱，但是如果做生意或者别的行业，你却不是这块料。这里说的你是泛指啊，不是指你。

许：我其实很有经商天赋的。我小学时就开始做生意了。

南：啊？做什么生意啊？那你可以从作家变成出版商。

许：那时我倒卖一种野菜，赚了我和妹妹一年的学费，1995 年，我一个月赚了六百多块。然后中学时我倒卖盗版书，也小赚了一笔，我从金寨跑到合肥来批发盗版书，然后回去原价卖。

南：哇！你好黑心啊！难道那些买的人都没有发现是盗版的吗？

许：我批发的都是看起来像正版的书。

南：你从哪弄的啊？

许：还好啦，比我们当地买的书质量好多了，品位也高，当年我们的学习资料全是劣质盗版书。

就是找书摊，或者书店，我说我要的量比较大，他们就以最低的价格给我了。

南：书店都卖盗版书啊？看来我以前被骗过不少次。

许：是啊，那肯定的。但我 2005 年以后基本不买盗版书，除非那本书被禁了，买不到正版。

南：那现在网上卖的也是盗版的吗？我买书都从网上买。

许：比较好的网站，不会卖盗版的。

南：我也不买，如果不幸买到，就压箱底。你写东西有没有写不出来的时候啊？

许：有啊。我写作的速度很慢。

南：那都是怎么弄的？喝咖啡？熬夜？

许：写不来就玩儿。喝茶、抽烟、读书、会友……

南：很多人写东西都是晚上或者半夜写，你也是吗？

许：我白天一般都写不出东西。

南：又是个夜猫子。小说、诗歌，还有别的体材，写起来有什么不同。

许：感觉不同。

南：怎么个不同？

许：有的人什么都不喜欢干，只喜欢看。我是因为有不同的需要，才写不同的文体。小说是我对社会的体验，诗歌是我内心的释放，散文是对小说和诗歌所忽视的感觉的记录。

南：说到诗歌，我又想到了羊羔体。

许：什么体都不是好体。诗歌不是书法。现代诗本身没有体，不管是“下半身”，或是垃圾派、梨花体，还是羊羔体，搞到后来都是肉体。这与诗歌没有什么关系。

南：那你写的诗歌是什么流派？

许：我是一个状态主义者。我是按照个人的状态来写作，没有固定的体。

南：那挺随性的。你说你会变得不那么正经，那你会去迎合大众的庸俗需求吗？

许：但我有严密的理论支撑，明年我的哲学著作《状态主义》会出版，里面有专门章节阐述“状态主义诗学”。

南：还有哲学啊？厉害！

许：庸俗的需求？要看有多庸俗。太庸俗了，比如，让我穿裙子扮女人、吃卡布奇诺充小资、装纯骗少男少女什么的，我可无法满足。

南：其实也就是说，你还是会按照自己的想法来写，还是部分照顾到市场的需求？

许：我完全不会考虑什么市场。

南：许老师，你跟小 S 一起做主持人一定很有看点。

许：小 S？我更喜欢跟小 S 她姐一起主持。可是小菲同志又不一定愿意……

南：是一定不愿意！哈哈。

许：为何这么绝对？我不就是钱没他多嘛。

南：接下来我要问你几个严肃的问题。

许：那你得小心点了，美女，我严肃起来不是人。

南：那是……？

许：严肃的人。

南：哈哈。是什么让你成为一个作家？是写作能力最重要，还是对文学的执着最重要？

许：上帝让我成为一个作家，他赋予了我写作的能力。能够把写作坚持下去，并让其成为我的职业，肯定是因为自己的追求。从某种意义上来说，文学在许多时候已经成了我的宗教。

南：你认为 80 后身上有哪些不同于其他年代生人的特质？在你身上是如何表现的？

许：80 后是属于少年觉醒的一代，这必将赋予 80 后改变社会的重任。我们之前的许多观念、看问题的角度，其实都是有问题的，我们一直生活在有问题的社会中，但大多人浑然不觉。就我自己来说，我已经主动承担起作为一个公民的责任。我热爱中国，我希望这个国家变得更好、这个国家的人民更加受人尊敬，同时获得某种尊严。

南：下一部小说，你准备写什么主题？

许：下部小说写拆迁的，名字就叫《拆迁办主任》。

南：你希望自己未来的生活是什么样子？

许：我其实是个与世无争的人。我的未来必然是守护着“自己”。我希望可以回归自然。如果非要我对这个世界做个交代，我希望是——我能与爱自己的人在一起，安静地生活，并且留下些许声音。此已足够。

南：今天跟你虽然都是闲聊，但我觉得你身上很多东西都值得写。碍于篇幅有限，精彩的对话不一定能全部刊载，见谅。

许：真速度，剑果然亮了！边栽（载）边砍、边砍边栽（载）呗，植树造林都是这样的。前人栽树我们砍掉让后人乘个什么凉，就像你们的版面，能够拉出去卖，那才最重要。这已经不是第一次了。

（此访谈原计划刊发于《南都娱乐》，后不知何因，刊发于2011年2月《今报》“精英志”。）

我会不断地与自己的灵魂交谈

采访手记（文 / 董非）

知道许多余的名字已经很久，那时他在写诗，他的《李白来了》是80后最具影响力的诗歌作品之一。2007年，他的第一部长篇小说《远方》荣获大奖，引起了诸多著名作家和评论家好评，声名鹊起。随后他销声匿迹，创办打工子弟小学，埋头从事慈善事业，一干就是四年！期间，他做过某报社主编、某电视台编导，策划过世界小姐大赛，经历丰富。

毫无疑问，许多余是目前中文界80后最具实力和影响力的作家之一。他的创作涉及小说、诗歌、散文等多种体裁，且都卓有成效。他还研究哲学、史学、学术，搞当代艺术……他思想深刻，出言尖锐，充满智慧，难怪有媒体将其称为“80后最具才华的先锋作家”，甚至称其为“80后文学教父”。这一切并不是凭空说来。

采访许多余，是一种享受。他总有出其不意的观点和言论，让你感受到新鲜的刺激；他沉稳中透出的韧劲，会让你充满力量；他慈悲为怀的大爱境界，让你不知不觉被他感染；他倾其所有财富，只为换取贫苦孩子的一片欢笑；他剑拔弩张与某些势力殊死搏斗，只为底层公民权利的建立和完善；他激情洋溢，好似内心燃烧着熊熊火焰；他意志坚定，愿为理想放弃生活；他坦然真诚，对未来信誓旦旦。

若要让我对许多余做个概括性描述，一句话，这是个有血有肉、有智有谋的汉子！他的存在，是80后的骄傲，是中国文学未来的希望。“让财富到比我更迫切需要它的人那边去”，这必将成为未来有良知的中国人对待财富的某种标尺，它承载的不仅仅是共同富裕的主流价值观，更是一种铮铮铁骨般的道义和担当。从这一点上来说，我希望许多余更有钱。

《名人传记》记者（以下简称“记”）：2010年就要过去了，你今年最大的收获是什么？

许多余（以下简称“许”）：今年最大的收获是找到了“自己”。通过思考我获得了内心的某种自由和张力，同时也收获了一定的财富和一些朋友。我变成了“巫师”，可以占卜自己的未来。

记：你看见的未来是什么样子？

许：几本书的顺利出版让我更加坚信自己的文学理想，同时我觉得凭写作活下去是可能的。我的未来必然是远离尘嚣和城市，安静生活，安静写作，与世隔绝，我身边不会有很多人，我会不断地与自己的灵魂交谈。

记：据媒体报道，你用稿费撑起了一所打工子弟小学，请谈谈你的黄桥小学。

许：黄桥小学办了四年，四年里我投入了接近六十多万，持续解决了大约五百多个孩子的就学问题，向社会底层公民发放了大约价值二十多万元的生活、学习用品。前不久黄桥小学被拆迁了，通过与合肥庐阳区产业园的不断交涉，最终把这些原本公办学校不愿接收的孩子送进了公办学校，政府承诺小学六年全部免费。粗略估算，通过谈判，我为这一百多个孩子总共节省的借读费不低于三百万元。但是现在学校没有了，若有新的农民工子女想上学怎么办？我也想筹资建立新黄桥小学，但这不是一笔小钱，我现在举步维艰。我会积极奔走，倘若最后无果而终，我也问心无愧，这是我的行为艺术作品，我完成了我的第一个社会实验。通过与社会底层的广泛接触，我被碰的千疮百孔的同时也获得了巨大的能量，这些能量终有一天会爆发，目前我正在寻找引爆点。

记：按说你的收入应该不低了，生活状态如何？

许：我不是一个富人。四年前我负债累累，三年前生活拮据，两年前才基本温饱，2010年才买房。感谢党、感谢政府，让我有机会暂时不用往学校砸钱，经济上稍微宽裕一些。我目前处于十分焦虑的状态，这种焦虑必须靠创作来治疗。

记：2010年12月初80后作家集体做客湖南卫视《越策越开心》

节目后，国内收视率很高，之后又有媒体传出“80后作家集体上娱乐节目不务正业”，你作为主嘉宾之一，怎样看待这次事件，当时是什么情况？

许：《越策越开心》做得非常好，汪涵和马可都是大家喜欢的主持人，语言反应能力比作家还快，我们都应该跟他们学习。该期节目中的同龄作家各自有各自的特点。我那天话不多，也不娱乐，其实我也可以娱乐的，明年《天天向上》吧，我可以娱乐给大家看。

记：2010年你都出了哪些书？销售怎么样？

许：出了《笔尖的舞蹈》(原名《80后文学史》)《文学是个什么玩意儿》两本新书。这两本书偏向于史学和学术，但首印数和版税都还比较可观，稿费够我吃几年了。销售的话，应该不是什么问题，我相信至少会有一本能上畅销书榜。另外，有两本书再版。

记：你作为80后为数不多的“富豪级”纯文学作家，能透露下自己兼顾文学和市场的“妙方”吗？

许：我能够靠写作生活，纯属偶然，就是瞎猫碰到死耗子。之前我一直按照自己的意图一意孤行，没有向任何出版商妥协，碰巧有出版商找到我要出版我的作品，一开始印的都很保守，万把册吧，却不料很快都卖掉了，这就让一些出版商对我产生了信心。我以前从来不考虑市场的。所谓“妙方”都是祖传的，我祖上都是农民，我现在已经不种地了。

记：现在考虑市场吗？

许：现在是市场在考虑我。出版商们都觉得许多余是“潜力股”。哈哈。比如，近来有好几家出版商找到我，要我写他们需要的题材和类型化小说，条件开的都比较丰厚。

记：那你准备向他们“妥协”吗？还是坚持自己独特个性化的写作？

许：妥协说不上，但若正好契合了自己的写作方向，那就未尝不可。让文学与商业化结合起来，不是什么坏事，每个作家都希望自己的作品畅销，因为相对丰厚的物质（稿费）是写作能够得以持续的基础。比如我现在正在写的拆迁问题系列小说“拆迁办主任”、在《南风》杂志上开始连载的青春情感系列小说《将谎言进行到底》、儿童文学系列小说《美国》以及战争题材系列小说《秘密部队》等，大都是出版商和我共同碰撞的结果。首先是自己正在着手创作，其次是对该题材感兴趣，再次才考虑赚钱。我要完成手上的这几个系列小说，大约需要五年左右的时间，还不包括我的诗歌、散文写作和学术研究。有时想想，时间太紧张了！

记：你现在手上还有没出版的书稿吗？

许：还有好多本，比如散文集《灵感集》、小说集《为幸福的影子而奔走》、史学著作《中国选美调查》，这三本去年就完成了，但一直没出。

记：为什么不出（版）呢？

许：因为我要控制自己出书的速度，一年最好出两本。再者，这几本书的版税也一直没有谈好，现在正有出版商找我谈。

记：明年有什么出版计划？

许：今年完成了哲学著作《状态主义》。“状态主义”是中国第一个真正意义上的自主哲学观念，明年一定得出。另外《拆迁办主任》一定会出至少一本，《将谎言进行到底》肯定会出一本，其他的走一步说一步吧。明年出书估计大概在四本左右，超标了。我才刚刚开始喷发，后劲还很足，射程估计也会很远。

记：你比较欣赏哪些同代作家？

许：韩寒、郭敬明我都很欣赏，像韩寒那样生活，像“小四”那样赚钱，是很理想的状态。另外，我比较欣赏写小说的孙睿、李傻傻、小饭、张悦然、郑小驴，他们的作品个性都很鲜明。

记：你的理想什么？你怎样理解“财富”？

许：过上充分自由的、有尊严的生活。财富不是一个贬义词，也不是一个褒义词，所以你可以拥有它，也可以抛弃它。我对待财富的态度是，首先我不会花太大的精力去占有财富，因为它在我生命价值体系里所占有的比重远远小于理想、亲情、爱情和友情；其次，我必须拥有让我得以顺利生活下去的财富；最后，我会让财富到比我更迫切需要它的人那边去。

记：2011 年又有什么新的打算、事业规划？

许：投入更大的精力去写作。集中力量去干一两件事情。说到事业，写作才是我最大的事业，我现在迫切需要充裕的时间和放松的状态，否则我必将为此付出代价，并且代价是沉重的，我很清楚这一点。当理想与生活产生矛盾，我宁愿放弃生活，坚持理想。我不是富二代或官二代，没有底气，只有勇气。

（此访谈刊发于《名人传记》）

每首诗背后的故事都让人难忘

印象合肥（以下简称“印”）：你是怎么走上诗歌之路的？还记得你的第一首诗吗？

许多余（以下简称“许”）：我十二岁开始写诗。一开始觉得写东西能挣稿费，那时家里穷嘛，认为写诗容易（我以前语文很差的）。小说、散文、随笔什么的都太长，写不好，词汇量不够嘛……我的第一首诗写于九岁（如果那算是诗的话），仿七律的打油诗。

印：哪一首诗背后的故事让你至今难忘？

许：每首诗背后的故事都让人难忘。我现在翻看我写过的所有作品，基本上当时的情景都历历在目。这里说个比较难忘的吧。

2011 年 12 月，我写出了《月光火车》。在与艺术家黄震一起坐火车去舟山途经宁波时，我无意间看见窗外的月光，一个个村庄和河流在摇晃的车身中摇摇晃晃，那迅速消逝的意象无比清晰，动人心魄！

我想起了这个民族的困境，置身其中的个体，无人能选择自己的起点和终点。我如此开篇：窗外翻飞着洁白的飘带 / 无人问津的乡间小路暗自起舞 / 他们在表演一场盛大的舞会……

我这样写女性：我想起那片美丽的草地 / 一树繁花让我漂亮的姐姐蒙羞 / 她搭上一辆火车南来北往 / 男人和生活让她遍身伤口 / 他们那晚搭乘的火车 / 一定也盛满今晚的月光

我这样写火车：腐朽的机器生产出一个又一个新名词 / 用以命名宠儿、孤儿、职位和现象

印：时隔多年后，回头再读自己的诗时是什么感受？

许：那些幼稚的拙劣的诗，到底是怎么写出来的呢？那纯真的无比胆大妄为的诗句，是怎么写出来的呢？年少的感觉，真好！

印：你最喜欢的诗人或作家是谁？为什么？

许：没有最。我必须先申明这点。就像你问我，最喜欢什么类型的姑娘，我会给出很多一样。其实我在诗歌上的投入远远大于小说，但小说家的光环反而比诗人要大（是这样的吧？为什么呢？）。我喜欢庄子、嵇康、李白、王维、李商隐……我也喜欢里尔克、辛波斯卡、艾略特……我也喜欢翟永明、王小妮、祝凤鸣、杨键……作家，那就更多了！为什么喜欢他们呢——气味！就是那种与自己相投的气味。

印：你创作的灵感是怎么来的？

许：这个我真不知道呢……“他”来的时候从来不告诉我。

印：什么样的生活才称得上“诗意”？你现在的生活是吗？

许：自由自在，随心所欲；物质不窘迫，精神超富有。我正在努力靠近。

印：自己现如今的生活与年轻时的理想是否重叠？

许：我儿童时梦想当医生兼科学家，能够一边为我多病的亲人们治病，一边发明宇宙飞船。少年时转换了想法——成为作家，现在基本算是重叠了。

印：在合肥，诗人怎样赖以生存？

许：反正写诗无法生存。我是属于走狗屎运的那种，在相对早的时候浪得了一点点虚名，得以靠写小说和学术的稿费勉强活下去。

印：你怎样看待一个诗歌不再盛行的时期，这是要必然经历的吗？

许：这是一个人人如刍狗还自我感觉良好的时期。每个人都以为自己比诗人牛。当人们堂而皇之大言不惭地以“看不懂”作为不读诗的唯一理由，诗歌怎么可能盛行呢？实际上，诗歌不盛行的本质原因是诗“无用”。

印：你会时常怀念那个诗人辈出的时代吗？

许：当然啊！那个时代多好！实际上我还没弄明白你说的是哪个时代。古代？现代？20世纪八九十年代？除了“文革”时代，每个时代都诗人辈出啊！

印：我们应该用怎样的态度来面对这个有些浮躁的社会？

许：比这个社会更浮躁，或者避开这个社会。

机场对话：诗人应该怎样关心世界

2012年12月23日下午，我与出席第二届深圳诗歌节暨2012中国诗歌年会的谢冕等老师，乘车来到深圳宝安国际机场。在大约三个小时的候机时间里，谢冕提议继续上午中国诗歌年会的研讨，大家欣然接受。研讨在“知之洋”书吧举行，以即兴对话的方式，分别探讨了传统诗歌和网络诗歌、传统媒体和新媒体及其相互关系和影响，还通过小说现状来反观诗歌。这次“机场对话”因为事先没有准备，韩庆成根据录音整理时改动了明显的口误和重复表述，除此未做其他改动，以最大限度地保持原貌。

参加人：

谢冕，北京大学中国诗歌研究院院长、教授、博士生导师。

吴思敬，首都师范大学文学院教授、博士生导师；《诗探索》理论卷主编。

白烨，中国社会科学院文学所研究员；中国当代文学研究会常务副会长。

林莽，《诗探索》作品卷主编。

刘福春，中国社会科学院文学所研究员；中华文学史料学会常务副会长。

罗振亚，南开大学文学院副院长、教授、博士生导师。

苏历铭，《诗探索》编委。

庞俭克，漓江出版社副社长、编审。

韩庆成，诗人，中国诗歌流派网执行主编。

许多余，80后诗人、小说家。

一、2012年印象最深的诗歌事件

谢冕：哎，各位，研讨会怎么样呢？你主持吧，早点开始，我怕研讨会开的时候误了飞机。

韩庆成：谢老师，既然您授权我主持，我就先问您一个问题，您对2012年中国诗歌或者说中国诗歌界印象最深的一件事是什么？

谢冕：最深的就是林莽和刘福春主持的“打开窗户”会议，对新诗改革四十年，借助民间的力量，大家聚集在一起，举行盛大的纪念活动，非常有意义。会议准备充分，他们付出了很多的财力、物力和人力，到会人员很多，做成了这么一件事情，而且这次会议范围非常广泛，有演出、有展示、有研讨会、有颁奖会，特别动人的是给牛汉先生庆祝九十诞辰。这是综合性的一个东西，他们的力量是有限的，一个是朝阳文化馆，一个是《诗探索》会所，特别是《诗探索》很穷，没有多少钱，但他们还是给诗人发了奖金，情景非常动人，我觉得这是2012年快要结束的时候一个非常盛大的诗歌事件，给我印象最深刻。其实，深刻的事情还不止这些，但这一件最深，你问我最深的是哪一件，我就说这一件。

韩庆成：谢老师的总结非常好，这是一个事件，不是一个活动，这就站在了一个“高屋建瓴”的高度（借用一下官方语言）。

刘福春：咱们这次连颁奖加上送书，一共花了大概九万块钱。这是《诗探索》会所拿的，朝阳文化馆拿得更多，也许有五六十万。

谢冕：《诗探索》会所在第一线工作的同志，他们囊中羞涩，还是忍痛或者说很乐意地把这些钱奉献了出来，很不容易。其他的部分是由朝阳文化馆大力支持的。

林莽：朝阳文化馆的负责人也是位诗人，非常有想象力，我们俩的合作将近二十年，所有朝阳区文化馆的诗歌活动，都是我们来做的。

二、新诗探索四十年，从向阳湖、团泊洼到白洋淀

谢冕：林莽讲四十年，还是很有道理，我那天同孙绍振对话时讲，大概70年代初，也就是说，从“团泊洼的秋天”到“白洋淀”的聚会，到我们“相信未来”，这是一个非常好的过程，70年代看起来是很沉寂的，在非常寂寞的时候，诗歌在涌动，一种春潮澎湃的声音，这是从“团泊洼”开始的。

林莽：“团泊洼”是郭小川。

刘福春：还有咸宁的五七干校。

罗振亚：向阳湖。

谢冕：“向阳湖”还有“团泊洼”。团泊洼是郭小川最困难的时候，我们的新诗潮也好、知青诗歌也好，是继承了前一辈诗人的创作，从他们手上接过自己反抗的一种声音。

刘福春：1973年，牛汉先生就写了《悼念一棵枫树》《华南虎》。

罗振亚：是在咸宁五七干校的时候。

刘福春：1972年，芒克就写出了《天空》这样的一批诗。

林莽：根子的《三月与末日》。

刘福春：对。1970年，受“黄皮书”的影响，到了1972年，这种成果就已经涌现出来了。当然作为老诗人，他们自身就带着这样的东西，40年代的东西。

谢冕：以食指的写作为例，他也不讳言从前辈诗人那里学到了东

西，包括何其芳、贺敬之、郭小川，他的浪漫主义的激情是从那边来的。

韩庆成：那是不是可以这么说，我们新时期的现代主义诗歌是从向阳湖、团泊洼开始的？

刘福春：不能简单地这么说。

罗振亚：还是白洋淀。

谢冕：不讲现代主义。

刘福春：就是探索。

谢冕：团泊洼还算不上现代主义，还是浪漫主义的。

刘福春：新诗的探索不是一个单纯的现代主义概念。

林莽：当时，徐伟（音）说，新诗探索三十年，我说三十年不对呀，改革开放三十年可以，但新诗应该是四十年。

谢冕：这样，我们就把新诗潮、朦胧诗与传统诗歌接上了线，因为我们往往忘记了归来的一群，包括牛汉先生这样的。

刘福春：还有曾卓、艾青。

罗振亚：还有“九叶”那边。

谢冕：我们不能忘记他们。

刘福春：我们有一个彩印的四十年的诗歌纪事，配了好多图片。

韩庆成：网上不知能不能搜到？诗歌流派网在搜集这方面的资料，我们想梳理一下中国的新诗，从胡适开始。主要通过两件事：一个是《诗歌周刊》的封面人物，把新诗近百年的代表人物重新回顾一遍；二是筹建中的中国诗歌博物馆，主要展示新诗的资料。

三、怎样看口语诗

许多余：谢老师，您认为新诗是否应该向口语方向发展？

谢冕：这个问题我不回答吧，你（吴思敬）来回答吧。

吴思敬：口语不口语根本不是什么方向问题，口语只是一种手段，所以无论是书面典雅的语言或是某种意义上欧化的语言，都不过是诗人表现自己的方式，口语只是一个方式而已。特别是 90 年代以后，很多诗人使用口语写作，这主要是打破当时朦胧诗潮所形成的意象过于密集、过于欧化以及追求过于深奥的元素。口语的优点是贴近生活。不能简单地对口语做一个评价，关键要看口语后面有没有诗性，如果口语后面只是大白话，这是不行的。

刘福春：从口语和书面语来说，书面语当然是文学语言。诗人不是看语言降到口语，而是看有没有能力从口语中提升。

许多余：我认识很多用口语写诗诗人，他们对非口语的写作不理睬，他们认为诗歌就应该用口语。

林莽：要看口语有没有延伸到语言之外的能力，只有表面的口语是不行的，要看后面有没有东西、有没有延伸性。如果有这个能力，你的口语才是有价值的。如果里面没有东西、苍白，那就是口水。

刘福春：它实际上就是一个提升的过程，而不是降下来，李白用的也是口语，但是他提升了诗性。

韩庆成：李白的"床前明月光"就是口语，古体诗的"口语写作"实际上一直在延续，如明代唐寅的《桃花庵歌》，胡适的《蝴蝶》也可以说是这种延续。

罗振亚：是呀，那几岁的孩子都懂。

刘福春：如果过分强调口语，还存在一个汉字的问题，汉字能不能完全表达口语？汉字是以语义为中心的文字，与以语音为中心的拼音文字完全不同，非常口语的东西汉字可能就表现不出来。

四、对网络诗歌的评价

韩庆成：刚才提到流派网，我就问一个网络的问题。谢老，您对网络诗歌有什么评价？

谢冕：平常我也很忙，网络浩瀚如海，我进去怕出不来，也怕找不到，于是呢，我就很少进去，基本没进去，因为太费事。但我对网络不拒绝，而且持一种赞成的态度。作品在网络上发表很容易，我希望网络上的写手们知道是在写诗，写诗是有一些要求的，我希望不要太随意。网络对比过去、以往，刚才说是浩瀚的海洋，另外还是广阔的天空，很自由，它没有门槛，这非常好，因为，谁也不能剥夺我写诗的权利、表达意见的权利，网络实现了，这是我们所盼望的。

韩庆成：这是谢老一贯的风格。

谢冕：但希望大家知道，你是在写诗，而不是在随意地说话，这样的话就好了。

韩庆成：也就是说，在“说话”的时候要注意说话后面的诗意，刚才思敬老师、林莽老师、刘老师都是这个意见，口语与口水还是有区别。

林莽：我们这次在798的论坛，是四个人，吴老师、我、《诗选刊》下半月的主编张洪波，还有子川，谈的话题就是“网络时代纸介传媒的应对与策略”。

刘福春：吴老师专门有一个精彩的发言，今天再重复一遍。

林莽：798有三个论坛：一个是谢老师和孙绍振老师的论坛，“打开窗户”，窗户是怎么打开的；还有吴老师的两个博士的论坛，一个是王士强，一个是霍俊明，他们谈的是“骑着木马找现实”；我们四个主编的论坛就是谈网络诗歌和传统纸媒诗歌。

韩庆成：我非常想听这个话题。

刘福春：下面就请吴老师自己“剽窃”自己一回。

吴思敬：谢老师刚才谈了对网络诗歌的看法，跟我是一致的。网络它最好的地方，就是带来了这种创作的自由，它摆脱了传统纸媒编辑部的三审，基本上没有了发表的门槛，这使得很多年轻人有可能出线，很多以前被埋没的诗人，可能通过网络在诗坛上展现，这一点，使我们可以说是达到了有史以来空前的写作自由，当然，它还是有一定限制的，绝对自由是没有的，相对的自由还是很充分的。这是最根本的。当然，网络出现以后，也带来了一些污泥浊水，还有些诗人，不加筛选，把自己不成熟的东西就抛出来了，我们要看到这种现象，它导致网络上诗歌太多了，很多优秀的诗歌被淹没在里头。网站的网管应当负起一定的责任，有一个初步的筛选，或者该删的就要删。那一天我们在谈网络与纸质传媒的关系，其实呢，纸质传媒可以充分利用网络，发掘网络上的优秀诗人，然后在纸质传媒上发表出来，实际上《诗刊》在林莽那个时代，就已经在网络上选稿，把网络上最优秀的作品选出来，剔除那些污秽的东西。另外，我们现在所说的网络诗歌，与真正意义上的网络诗歌，或者说叫多媒体诗歌还是有区别的。多媒体诗歌就不只是用语言符号，而是用声——声音、像——图像，多媒体诗歌即声、光、电与语言符号的结合，未来的时歌，特别是以后的年轻人，比如00后、10后，他们从小，四五岁就开始玩手机、玩电脑，他们这一代成长起来，可以说每一个都会是电脑好手，会很自如地运用这种多媒体的形式，把声、光、语言符号结合到一块，出现一种真正意义上的网络多媒体诗歌。这种多媒体诗歌已经有人开始实践，但多数诗人还掌握不了这种形式，这是未来的诗歌形式之一，纯语言符号写的诗歌作为文学的本质也是要永远保留下去的。不管科技水平怎么发展，网络只是一个媒介，媒介就是媒介，诗还是诗，这是我最根本的一个观点，也就是说任何新媒介的出现，都不会掩盖诗的本质。只有真正的诗才能流传下去。

五、当代诗歌与当代小说的比较，传统与年轻一代

白烨：从小说创作的情况来看，这几年分化太严重，甚至都不像是一条道上跑的车了。比如说，靠近传统、靠近严肃的是一类，这是我们所看的，还有大量的是在网上、在市场上，类型小说有二十多类，如玄幻、科幻、武侠、仙侠、穿越、后宫，还有职场、官场这一块，它的量很难准确统计出来，在社会上影响非常大，好多人都看这种书。这种分野在长篇小说中非常明显。长篇小说每年传统作家写的大约一千部左右，但去年（总量）上到四千，今年至少在四千以上，大量都是这种类型化的东西。我现在关心的是，诗歌里面有没有这样的倾向以及诗歌里头有没有很不传统的一些写法，这种写法的状况到底怎么样？有一种说法，认为不同的传播在很大程度上会影响作品的品质。比如网络上的小说写得很长，为什么写得很长呢？与它的生产方式、传播方式、阅读方式有关，阅读方式是计流（音）式的，收费是一千字三分，这种方式决定了它越写越长。诗歌里头，我的感觉是，我听到的和看到的好像没什么变化，有变化的就是出了一些废话诗。

吴思敬：废话诗也不是这两年出现的。

刘福春：废话诗在非网络时代也有。

白烨：有没有完全跟传统不一样的一些写法，这样的一些作者、这样的一些倾向出来，他们中有没有值得关注的?

刘福春：吴老师讲的真正的网络诗歌，可能跟我们现在不一样，除了多媒体以外，还可能它强调一种互动性，这个是我们过去的诗歌不可能做到的。比如我们的诗歌发表以后，要请罗振亚写文章，那至少是三个月以后的事。现在它有了互动性。

罗振亚：这个互动性是非常强的。

韩庆成：非常迅速。

刘福春：网络带来的诗歌的变化，可能就在这儿。像你说的那么多的类型化的东西，显然诗歌不符合，因为诗歌无法靠这种方法盈利，因为它没有市场。

林莽：你说的这个事吧，我还是很关注。有一次我参加一个评审，其中有小说、有诗歌。我很愤怒，因为他们说，你们诗歌不行。有一天晚上我把他们的小说都要来，读了一遍，第二天我就开始说小说的不是，一样一样地说。我说你们小说中形而下的东西比诗歌多太多，诗歌显然要比你们的高雅，我举了几个例子。原来他们只给诗歌一个名额，后来给了两个。去年和前年，我特意把很多小说的选集拿来看，看了以后我非常不满意，都是在讲烂故事，语言本身的质地非常差，很不讲究，当然也可能与选家有关系。后来我参加一个小说讨论会，我说这些小说里面的东西远远不如诗歌，诗歌还有一些形而上的东西，小说却形而下到这种程度了，那些烂故事都是黄色的，但在小说里却没人管。

吴思敬：小说中的下半身，远比诗歌中的下半身严重。

林莽：严重得多。我看小说，向来不是从头看，而是翻到第十页或二十页，我就看他语言本身的含量和质地。没有语言质地的小说就不用看了，因为故事咱们都会讲。好多小说在语言质地这一点上远远不如诗歌。

白烨：现在从小说领域来看，作者和创作的表现都比较芜杂，很多人一上手就写长篇，完全是出于一种感觉。但是，也确实会出现一些新的东西。所以，我感觉到，通过你们的眼光看诗坛，好像变化不是很大。这有两种可能性：一种是确实没有大的变化，还有一种可能性，是不是你们的着眼点本身也比较差，对新的东西没有特别地去关注和发现，有没有这种可能性？

林莽：这一点，我需要说明一下。我在《诗刊》当编辑，后来当《诗探索》编辑，可以说我接触的人，应该是比较多的，几乎所有新的作者，我都在关注、都在看，我觉得诗歌这么多年变化还是很多元的，各种写法都有。每种写法里面都有一些比较好的东西，还是很丰富的。

吴思敬：你说的这个问题，我这么认为：诗人，实际上他更能够去坚守诗的本质、文学的本质，而诗人这个群体，在作家群体当中，功利思想相对是少的。首先想谋求利的人，他肯定不会去写诗；想成名的人，在诗上成名也非常不可靠，出了好几本诗，仍然默默无闻，这非常正常，他更多的是心灵的追求。他就是喜欢诗，追求诗，所以我觉得诗人队伍相对其他的领域，比如写电视剧的，总的说来心灵还是平静一些。现在一般人，不了解诗歌内情的人，凭想象认为诗坛乱七八糟，成天闹事，乌七八糟，写的诗都不懂，要不然就是下半身，总而言之，对诗坛的健康的、主流的一面，都看不到。

白烨：这个不光是诗歌界，其他界也一样。事实上存在两个文坛，一个是被舆论和媒体包装和描述出来的文坛，还有一个是真实存在的文坛。各种传媒挑的都是事件，实际是娱乐事件和八卦事件，看起来就乱得一团糟，它掩盖了一个真实的、兢兢业业、孜孜追求的文坛。

林莽：这两年好多了，前两年电视台也经常问我，现在诗歌消亡了吗、不行了吗？现在没人问这个了。

白烨：我从小说批评的现状来看，确实面临一个比较尴尬的问题，所有搞文学批评的人，他的立场、观点都是偏传统的，比如我们要看，自然而然是看刘震云、余华、贾平凹、莫言的书，另外的书，根本不看。这从社会意义上来看，相对圈子化了，对社会生活的辐射，对一般读者的辐射越来越小，一般读者看的是更大众性，比如玄幻，比如青春的、郭敬明的，而这些东西，又是批评缺席的，这是目前一个很大的问题。前不久我去了一趟杭州，参加了一个类型小说的双年奖，其实就是网络和流行小说。我发现整个类型小说、网络小说是海量的，但我们根本不看。这里面有没有好东西，哪些东西还值得一看，哪些作者还不错，需要一些人去做这个工作，我们不能指望突然冒出一拨人专门去评网络文学、类型文学，那是根本不可能的，所以一定要有传统文学的介入，把我们的观点、尺度、标准带进去，从里面拎出一些好的作品。

吴思敬：你说的这个呢，小说和诗歌还不完全一样，诗歌中并没有出现这种各种类型的东西，就算口语、口水的，这类东西根本不构成影响。诗歌最重要的任务，就是发现优秀新作、发现优秀新人，把他们推出来，让大家了解我们诗坛还有些好诗人、还有些好作品，尽管这些好诗人、好作品在任何时代只是少数，大量的是同质化的东西、是一般化的东西，但是，我们评论家的任务主要就是干这个，而不是说，今天展览一首臭诗、垃圾诗，放到文艺报上批判几句，你要找这些乌七八糟的作品一捞一大把，你弄这篇评论文章出去，没有任何意义，展览丑恶没有意义，其实，任何一个伟大的批评家，都不是因展览丑恶而伟大，都是因为发现优秀诗人、发现天才诗人，就像别林斯基，果戈理刚刚才 20 岁出头，他就把他发现了。这才是一个优秀评论家要做的。诗歌界主要在干这个。你说的我认为在小说界还是有意义的，你比如说这些玄幻作品是与代沟有关系的，中年以上谁还去看玄幻，根本不爱看这些东西。

白烨：他这个背后，显示了文学阅读的群体和趣味的变化，有一帮人去读，把这些东西煽惑起来了，一定有一个系统性的变化，或者关系上的变化，所以从小说这个领域来看的话，类型化包括通俗化，背后是阅读的变化，阅读群体的年轻化，阅读偏娱乐、偏大众、偏休闲，这个渐渐上升为一个主要的东西了。

庞俭克：曾经有一个面向年轻人的讲座，评论家们一发言，一下子引起了很多反驳。

白烨：我现在感到一个很大的问题，我们这群人如果去跟那些人讲课——

庞俭克：会很费劲。

白烨：而且还很困难。作协有一个网络作家班，评论家去讲课，前面去了三个人，都讲不成被轰下来了，因为你没有看过他们的作品，讲传统的东西，跟他们完全不搭，他们说你对我们完全不了解，对我们指手画脚算什么呀。去讲课的有的讲了开头、有的讲了半截被轰下去了。我是第四个去的，他们找我去，说把我找来就是想扭转一下，不要再被往下轰。我说试试看吧。我事先也看过一些网络小说，就有针对性地讲，讲完之后，带头闹事的那个人站起来鼓掌。我现在越来越感觉到，知识背景、年龄各方面的不一样，看起来谈的是文学，但内涵不一样，我们说的与他们说的根本就不是一个文学。过去我们相互之间有差异，但差异并不大，共通的东西更多，现在是系统性地不一样了。这是很大的问题。

吴思敬：这还是立场不一样，以谢老师为代表，骨子里还是使命感，骨子里还是民族大义，还要怎么改造世界、灵魂。一说还是这些东西。

白烨：但他们认为这些跟我们没关系。

谢冕：这个是没关系吗？和我们（他们）没关系吗？

白烨：有一年我就很受刺激，我参加了一个中俄两国的80后对话会，俄罗斯来了8个作家。中国也有不少，我和曹文轩去的，我们就讲，青春文学也罢，校园文学也罢，它是传统文学的后备军，我们一再强调历史与传统，讲俄罗斯文学、苏联文学深刻影响了中国文学，我问他们怎么看待他们的传统，他们几个凑在一起商量了一下，让一位女士发言。那位女士上来几句话就把我们说懵了，她说："传统和历史跟我们没有关系，你刚才讲的那个东西，我在上中学时作为课外读物读过，从此没有任何接触，对我没有影响，也没有意义。"谈到苏联文学她还很生气，她说那个时期的文学不叫文学，我们现在根本不提。

谢冕：她对俄国文学呢？

白烨：她也不看。她对我说："我们关注的就是当下，就是现在。我关注现在的我们，关注现在的你们。"把她的话翻译以后，中国的80后听完说："好！好！"遥相呼应。

林莽：你怎么能把伟大的俄罗斯的传统的东西丢掉呢？

庞俭克：而且你没办法跟她讨论。

白烨：三天后又同几个日本的作家一起讨论，也是以80后为主，也有几个70后。日本的一个女作家非常极端。我们这边先由安妮宝贝发言，就非常极端，说我的写作就是写自我，对自我负责，别人我不管。她发言之后，那个日本作家上来就说，文学如果不自我，就不叫文学。

林莽：这个观点倒没问题。但丢掉传统，她要发明一种新的宇宙语言？

白烨：参加这两个会议之后，我有一个强烈的感觉，年龄与代际成了新的问题，相同代际的人在这个时代里头，有全球化的趋势，文化与经济的全球化产生了很多共识，这些共识可以跨越文化、跨越民族。我跟中国的 80 后，不比一个中国的 80 后与俄罗斯的 80 后更亲切，他们观念上相通的地方更多。这是代沟，已经上升到一个主要问题。对这个问题我们还没有很深刻的认识。我们要看到这种差异，承认这种差异，不能把他们当作我们的少儿版，用我们的传统观念去教育他们，而是要有针对性地去交流和对话。

林莽：这个结论是对的。

谢冕：白烨经过和韩寒战斗以后，已经进步了（笑）。

吴思敬：韩寒背后的写作队伍问题你怎么看？

白烨：韩寒刚出道的时候，肯定有人帮过忙，但后来，不能说所有的东西全是代笔的，那样说是不对的，因为他有时候表现的那种立场、态度，基本上还是他的。其实，韩寒是一个代表，整个这一代人对我们这代人的对抗、不满，我们没有意识到。有一次我和曹文轩去跟 13 个 80 后对话，我称呼他们为孩子，结果，一个叫杨哲的 80 后站起来说："我非常反感你在这样的会上叫我们孩子，今天是个学术研讨会，是个很正式的研讨会，我觉得你这样称呼不对。"我当时听了也很难受，因为我根本没有贬低的意思，这是一个亲切的称呼，你怎么能这么看呢。但是你仔细一想，他是对的。为什么呢？因为你以一个很亲切的称呼，把自己置于一个教导者的位置，把他们置于了一个被教导者的位置。然后我站起来说，我向你道歉。我说我从此改口。这种事，对我们而言没有意识，但他们有他们的角度。他们这代人很敏感，个人性、自我性很强；还有一个是，从来不屈就自己，从来不迁就别人。他有看法他就会表达出来。而我们总是在屈就自己，在迁就别人。

谢冕：俄罗斯这些青年作家对苏联文学的反感，我们是认同的。他们认为那不是文学，我就不认同了。他们不知道苏联文学是怎么来的，认为那不是文学，就太简单化了。

林莽：怎么可能把白银时代、把俄罗斯文学的伟大传统都否定掉呢？

谢冕：他们不知道苏联文学也是发展来的。

六、关于诗歌的干预

韩庆成：可不可以问最后一个问题？

谢冕：问谁呀？

韩庆成：不一定问谁，大家都可以回答。我们现在处于新媒体时代，微博、论坛这些新媒体，使我们可以获取以前在传统媒体时代难以获取的新闻信息。诗歌能不能对这些新闻中的事件进行干预，用批判的眼光，干预到一个具体的社会事件当中？例如2009年的邓玉娇事件，桑拿女工在面对强暴的时候奋起反抗，杀了人，却被认定为故意杀人。诗人能不能在这样的事件出现的时候干预进去，用诗歌进行立场的表达，比如基于一种公民的立场？

林莽：我觉得，诗歌起的作用可能不是这样的。诗歌要关注历史、未来和现在，一个整个的全过程，当你把它局限在一个范围的时候，它就会显得很狭隘；当我们把一个重要的事件，纳入历史当中，它仅是历史长河中的一部分。人类在不断演出各种悲剧、各种喜剧，各种各样的事件，把这些事件串起来，它构成了人类的历史，诗人如果能把眼光放得更远，你的价值才能更伟大，如果只在一点上，视野就不够开阔。当然，能不能在一件事情上进行反思，以引起更多的共鸣，这是有可能的。但不能只纠结在一点上。

白烨：这种事情不是不可以关注，但不是诗歌的主要作用和意义。

罗振亚：赵思运就写过一首诗，把一个事件用诗的形式写出来了。一个女的被强奸，后来死了，他就用诗的形式把它表现出来。

韩庆成：您认为他表现的怎么样？

罗振亚：他只是把这件事很客观地说出来了，态度很客观。

刘福春：这里边其实一直有一个责任的问题，就是诗人应该承担一个什么责任。诗人也是一个平常人，比如一个战争年代，诗人承担一个战士的责任，我觉得这没有什么可以非议的。从新诗历史发展的过程来看，我们最缺少的是什么呢？就是缺少诗人对诗人责任的承担。战争年代诗人一般都有两种选择：一个是投笔从戎，还有一个是以笔做刀枪。但我觉得问题在于后来，一个几年的战争过去之后，我们留下的作品，分量是非常轻的。也就是在一个特殊的年代，诗人能不能承担一个诗人的责任。在诗歌史里面，我比较看重陈辉（音），在20世纪40年代，他同时承担了两种责任：一种是诗人的责任，一种是战士的责任，这两种责任有时是非常矛盾的，战士面对的就是敌人，而诗人面对的不是敌人，而是人，这个时候他就可能很难扣动扳机。我觉得我们更应该讨论诗人应该承担什么样的责任。

谢冕：现实社会中发生的一些问题，世界上发生重大的问题，诗人们要关心，我想你问的目的应该是这样。但是怎么关心、怎么表现那是另外一件事情。我觉得，比如说20世纪五六十年代的时候，邵燕祥写过贾桂香的事件，写得很好，表现了对小小的官僚主义的不满、抗议。再往前，20世纪50年代，土耳其诗人希克梅特写过《卓娅》。卓娅是苏联卫国战争年代一个小女孩、女英雄、游击队员，希克梅特写得非常好，他把自己的经历和卓娅的经历与世界反法西斯战争联系起来。20世纪50年代我读这部诗的时候非常感动，当时能够成段成段地背下来。诗人们关心世界上发生的重大事情，并表现诗人的良知，这是无可非议的，而且是应该鼓励的。问题是你写得好不好。写得最好的是聂鲁达，他把那个时代用自己非常抒情的方式表现、概括出来了，代表了那个时代的进步的声音。我想，这一点我们中国诗人应该考虑。聂鲁达视野非常开阔，将诗人的内心世界和时代精神结合得非常好，而且是自己独特的声音，这就是为什么聂鲁达会成为伟大的诗人，我们中国诗人还赶不上这一点。他关心，用诗歌的方式怎么关心，怎样能够流传下来。我刚才举了土耳其这个诗人的例子，因为他把自己被土耳其政府关押的经历与卓娅的经历对照起来。

韩庆成：时代在变化，在传统的时代，诗人基本上无法实现干预。像邵燕祥、叶文福的干预诗歌，如果换成一个普通诗人写，可能都发表不了。从叶文福身上我们看到，那个时代的干预有着巨大的风险。新媒体时代一个最显著的特点，刚才吴思敬老师总结了，就是发表不需要审核，也就是说，我们现在用诗歌干预一个事件，可以自由地干预进去。在这样的时代，我们的干预是不是与传统有了不同？

谢冕：这次参加诗歌节的叶文福，写《将军，你不能这样做》，反特殊化。后来打击他的人就逼他"说出来"，将军用了多少钱、钱从哪儿来，用这种非诗歌的方式来对待他。叶文福的这首诗，当时还是很令人振奋的。

刘福春：这首诗当年影响太大了。

白烨：这首诗被认为是一个事件，叶文福因为这首诗，从此一蹶不振。

谢冕：叶文福后来又写了《祖国啊，我要燃烧》。

韩庆成：昨天晚上他自己激情朗诵了。

吴思敬：您没有赶上。

刘福春：那是1979年写的。

谢冕：比较而言，《将军，你不能这样做》与《祖国啊，我要燃烧》，后者更好。因为他受了各种各样的委屈以后，他说他感到自己要爆炸、要燃烧，这首诗表达了自己这样的心情，这比写事实要好得多。这就给我们启发，反官僚主义，或者反贪污、反腐化，就事论事，没有提升到诗歌的高度，当时可能轰动一时，但不会保留下来。就事论事，不是诗歌的长处，表现自己才是诗歌的长处。

七、网络人眼里的网络诗歌

苏历铭：刚才你问了几个问题，现在问你一个问题：网络诗歌的现状如何，它达到了一个怎样的高度，它对中国诗歌的发展起了什么作用？

韩庆成：历铭老师提出这个问题，是要我在这么多老师面前班门弄斧。做了一年多诗歌网站，我就谈一下自己直接的感受。

网络诗歌是以《启蒙》《今天》为代表的、20世纪七八十年代兴起的民刊诗歌的延续。敬亚老师曾说，86大展是提前做了一次网页，这是形象的概括。网络诗歌与民刊诗歌共同构成了中国今天的民间诗歌。由于很多民刊都有自己的网站，比如当年的乐趣园网站，上面有千家诗歌论坛，就是民刊和各地诗歌群体办的。因此，也可以说，网络诗歌事实上已能够代表中国民间诗歌。如果说20世纪80年代的民刊诗歌促成了中国新时期诗歌的第一个高峰的话，那么比民刊诗歌更加波澜壮阔的网络诗歌，正在推动中国诗歌第二个高峰的到来。我个人认为，今天网络诗歌的高度即是中国诗歌的高度。

同时，正像刚才谢冕老师、吴思敬老师所说，网络诗歌因为其自由发表的特点，也确实存在泥沙俱下的状况。作为以自由开放为特点的诗歌网站，又不能把自己认为不好的诗歌帖子删除掉，怎样解决这个问题？今年4月10日，我们创办了一份网刊——《诗歌周刊》，把网站里面好的作品挑选出来，推荐给读者。最初，我们以“中国唯一发稿酬的诗歌网刊”作为自己的特色，后来我们做了调整，把打造“中国网络诗歌抽样读本”作为办刊宗旨。我感觉到，由于网络的庞杂，需要一个选本让人们了解网络诗歌的真实状况和水平，《诗歌周刊》愿意为此做出努力。明年初，我们还将出版《诗歌周刊》的纸质选本，在新华书店发行，让不上网的读者也能了解网络诗歌。

苏历铭：如果只在你们的网站选稿，怎么代表网络诗歌呢？

韩庆成：我们成立了一个八个人的栏目组，专门从流派网以外的网络选稿，范围包括论坛、博客、微博、QQ群等所有网络公共空间，对比较大的诗歌论坛，还做了专辑。

《诗歌周刊》虽然是网刊，而且一周出一期，但栏目比较丰富，设了十几个栏目。第一个栏目是封面人物，我们从北岛开始，从朦胧诗开始，到白话新诗、到胡适、到台湾地区诗人，然后再到第三代及以后，系统地梳理百年新诗各个时期的代表人物。封面人物第二期我们做了黄翔。黄翔本人也很惊讶，国内媒体——如果网刊也算媒体的话——敢全面宣传他，他为此特地给《诗歌周刊》写了一封热情洋溢的信。

林莽：朦胧诗除了北岛、黄翔，还做了哪些诗人？

韩庆成：第三期是食指，还有顾城、舒婷、梁小斌、王小妮、多多、芒克、杨炼，最后一位是江河。江河因为去了国外，又不写诗了，所以网上找不到他的照片，只有一张很小的黑白照和一个漫画，最后没办法，只好用漫画做了封面，这是目前唯一的一例。

林莽：我与江河有一张合影。

刘福春：江河后来去了美国，据说还在写。但你找不到他，他家里的电话线平常是拔掉的，他想找你时才接上。

苏历铭：《诗歌周刊》这么多栏目，有多少人在工作？

韩庆成：上午我在中国诗歌年会上发言时说，我是一个诗歌的义工。为《诗歌周刊》工作的几十位编辑，也都是义工，都是没有报酬的，都是诗歌的奉献者，但他们并不因为是义工而影响热情，我觉得这是出于他们对诗歌的热爱。

苏历铭：你认为《诗歌周刊》编辑的水平怎样？

韩庆成：《诗歌周刊》的编辑有教授、老媒体人、实力型的诗人和批评家，也有80后的新锐。这个队伍的水平保证了《诗歌周刊》的稳健前行，今后我们还会不断充实新的力量。

苏历铭：到网站去的名人多吗？都有哪些诗人？

韩庆成：来网站的名人有，但不多。在座的都是名人。罗振亚老师去过，历铭老师是网站的学术委员，但好像还没有来网站注册。原因可能像谢冕老师刚才说的，网络太大了，进去太费事。但我们网站还是有一些名人的，像老一辈的黄翔、徐敬亚、多多、王小妮、梁小斌、黄淮；60年代前后的杨克、王明韵、南鸥、祝凤鸣、杨四平、周瑟瑟、罗广才、张岩松、方文竹、老巢、李成恩、庞清明、李飞骏、管党生，等等。名家当然不只这些。可能还有用网名来的，还有以游客身份来的。我想，一个网站如果办好了，大家来了觉得有收获了，他们才会来。流派网能够在人气、发帖等硬指标上保持领先，说明一百多位管理人员的付出是有价值的，这是我们继续努力、继续前行的信心所在。

（根据录音整理）

鼓浪屿上访舒婷

八千里路云和月

本打算去海南参加一个笔会的，椰树下文学网的兄弟们的热情令我很感动，但由于七月份正赶上学生放假，坐火车好像已成为一种时髦，太多的人紧跟着这种潮流，这潮流已被人挤得水泄不通了，此时买湛江的火车票已是痴心妄想。其实去海南的主要目的无非有两个，一是天涯海角一直是我很向往的地方，另一个就是很想见一见我很喜欢的几位作家——韩少功、蒋子丹以及海南青年作家协会的主席李少君，还有就是那个叫我喊他大哥的洪子。

从合肥火车站出来的时候我很有一种失落感，去海南的想法已经成为泡影，这让我又一次知道了计划没有变化快的道理在生活中其实无处不在。然而中国的南部一直是我很牵挂的地方，并且这牵挂已然成为一种情结，甚至成为一种信念。当一种牵挂已成为信念的时候，再想去改变已是徒劳。于是我毅然买了去厦门的火车票，一直很喜欢舒婷的诗，这一次我决定去拜访一下舒婷！

火车开动的刹那，我突然感觉到天旋地转，窗外的景物在慢慢地后退，变成一条粗壮的射线，车轮与铁轨撞击的声音仿佛是从遥远的神秘的教堂传来，那声音在召唤着我——到远方去、到远方去，尽管八千里路云和月……

诗意的厦门

福建一带山色秀丽，虽不能用巍峨一词来形容，但那一路的山总是连成一片，给人一种很亲密的感觉，不像其他地方的山，一座一座傲然挺拔，显得很孤立。漳州的香蕉真的很便宜，一元钱可以买好大的一串，并且味道很鲜美，口感特别得细嫩柔滑。

到厦门的时候天色微暗，时已接近黄昏，但车站附近仍旧人声鼎沸、车水马龙。毅兄早已站在站台上，高举着一个牌子，上面写着我的名字。那天晚上，他请我吃了很好的福建特色菜——水煮活鱼。我们说好第二天去鼓浪屿拜访舒婷，顺便看一看大海。

第二天一早我们便起了床，走出旅社便是环岛路公交车车站，可以直达轮渡。清晨的厦门显得格外的清爽明净，丝丝海风透过车窗迎面拂来，蓝天上飘着朵朵白云，湛蓝的大海像是一面镜子，映着美丽的充满诗意的厦门。

很快便到了轮渡码头，虽是清晨，但已经游人如织。据说鼓浪屿是个非常热门的旅游胜地，每年大约有一千多万游客来此地，这个原来较为安宁的地方如今已热闹非凡。第一次坐轮渡漂泊在大海上，无法抑制内心的激动，凭着船栏远眺，视线所及一片汪洋，而对面就是台湾，隐约可见一些工厂里高耸的烟囱以及一些似旗子之类的东西随风飘扬，像是远方的兄弟在向我们招手。

栖身于鼓浪屿的广场，有一种置身于天外的感觉，这里不就是世外桃源吗？就是缺少了桃花，但有另外一些叫不出名字的花点缀着，同样令人赏心悦目。最为别致的莫过于广场中央的八爪鱼雕塑，八只锋利的爪子伸向四面八方，正应半句楹联“喜迎八方客”。广场上的音箱里正放着古典的乐曲，这让我感到舒心的同时也感到茫然——鼓浪屿这么大，有这么多条街、这么多条路，我上哪找舒婷呢？

只好把心绪放一放，先看看风景吧。找了一处很幽静的地方，我坐了下来。这时旁边走来一位民间诗人，我和他聊了很久。说真的，我一直对民间的艺人很崇敬，在生活几乎都不能自已的情况下，他们依然安贫乐道，不为窘迫的生计所屈服，而始终坚守他们心灵的最后一方文化净土，真的是很不容易的事情 。我给他看了我写的几首诗歌，《枯叶蝶》《陌生》《含羞草》等，他看着看着就激动起来，连口称赞好诗好诗，并大声地朗读起来，还引来好多好奇的游客前来围观。

好几个少年要我为他们赋诗，我便也欣然同意了。趁着刚刚的感慨万千，我随手写下了“鼓浪屿上鼓浪急，沙逐潮追思无堤”。突然我看见海边飞过一群海鸥，恰与身边迎风飞舞的垂柳叶子相映成趣，于是我又写下了“垂丝万缕成云雨悬叶一片是沙鸥”，我把它们送给那些喜欢诗歌的人。他们还是围着我不肯离去，为的是要我为他们签名。

三顾茅庐，不见诸葛

费了很多周折，才打听到舒婷家的住址。最后那个杂货店的阿姨用卖商品的眼光对我说：“她家就在那个巷子，我是跟你说过了，至于她见不见你，我就不知道了……”

穿过福建路、泉州路，再到龙头巷，向左一转，踏入中华路，一排明清古宅的旁边，有一个很深的巷子，巷子的尽头有一扇说不出是古老还是现代的门，门是虚掩着的，用手轻轻一推，那门便吱呀一声向我敞开了。这时候眼前一片明亮，可谓豁然开朗：一个小院子，里面满是花草，青色的桂圆在枝头招摇。舒婷的家是住在二楼的。踏上楼梯，眼前有无数的花草，吊兰轻盈地从栏杆上垂下来，像是刚刚写过的一首美丽的朦胧诗。

轻轻地敲一敲门，里面没有人应声。又敲了一遍，还是没有人应声。可能没有人在家，我只好悻悻然回去了。

第二天一早，我便又来了。心里还是有一丝紧张，说不出是激动还是惶恐。还是敲门，这次她家的阿姨走了出来，问我找谁，我问："舒婷阿姨在家吗？"她说："不在，开会去了。"我又问她什么时候回来，她说不知道，也许是今天晚上，也许是明天。我说："那她回来，你把这包茶叶交给她。"她说："那可不行，舒婷交代过不可以乱收东西。"我说："没有什么，我这不能算是东西，只不过是从家乡带来的一点茶叶。"她还是说不可以。我说那我就写一张留言条吧。于是我就在一张小纸上写了这样的一段话：

"舒婷阿姨，我是一名来自安徽的小诗人，带着对诗歌崇敬与执着，不远千里来此拜访您，冒昧地打扰您真的不好意思，还请您原谅。这次来的主要目的是想与您探讨一下新诗的现在、未来以及发展情况。也没有什么礼物带给你，这一包茶叶是我母亲亲手烘制的，愿您在深夜里写作疲惫的时候泡上一杯，定可以清心定神……"

第三天来的时候已经十点多了，轻轻地敲了一下门，里面还是没有应声。我便又轻轻地走下楼去，这次我要等，感觉告诉我，今天是一定可以见到她的。

再次登门，柳暗花明

又跑出去转了一圈，直到下午两点多才回来。这次我没有敲门，只坐在楼下等。过了一会儿，她家的保姆看见我了，我对她笑了一下，她也微笑着向我点了点头，便又进屋去了。一会儿，一个面容慈祥、容光焕发的阿姨向楼下看了看，我也看了看她，“这人和舒婷阿姨的诗集封面上的照片怎么这么像？”我在心里想着，但还不敢确认。这时便有一串温和的声音传来：“柔风啊，进屋来坐……”是她，是舒婷。我一时有点不知所措。应了声“好”便飞快地上了楼梯，走进舒婷家里。

这时的心情只可用四个字来形容——柳暗花明。

与舒婷对话：新诗的现状及未来

柔风[①]**：**舒婷阿姨，这次冒昧来访，打扰您了，真不好意思，在此向您说抱歉。

舒婷：哪里的话，别这么客气，很高兴你这么远来找我。同时我也很感动，可以看出你是一个对诗歌很有诚意又很执着的孩子。说来

① 柔风是我以前的笔名，即许多余。

我们是很有缘分的，我家的阿姨就很喜欢你，说你看起来特别得和蔼、有灵气。说真的，来我这访问的人很多，我一般是不见的，不是不想见，主要是人人都见，我就会失去很多时间，而没有时间去写作了。

舒婷：你坐一会儿，我去给你倒杯水。说着她给我端来一杯水，还有很多饼干等小吃，她真的把我当孩子了。我对她说了谢谢。她又问我："吃饭了吗？"

柔风：（也不管客气了）还是早上喝了一杯豆浆，吃了一个大饼。

舒婷：那阿姨快烧饭给柔风吃。柔风啊，你怎么不来早点？阿来刚刚来了，本打算等你来，我请你们一起去饭店吃的，也好介绍你们认识一下。

柔风：是这样的，其实我来得比较早，也敲门了，里面没有回音，昨天阿姨和我说您去开会了，我以为您一定很累了，在休息，便狠不下心来打扰您，我就没有再敲门了。

舒婷：是这样啊，也许那时我们在里面聊天没有听见。其实我在今天早上就等着你来，等了半天了，现在终于来了。

真是不好意思（我有点弄巧成拙的感觉）。

（"吃饭吧"，她家的阿姨亲切地对我说。我和舒婷同坐在一个饭桌上，边吃边聊。其间，舒婷阿姨不停地给我碗里夹菜。）

柔风：20 世纪 90 年代的时候，中国的新诗文化曾一度辉煌，也可以说是新诗到了一个巅峰期，那时涌现出许多像您一样伟大的诗人，如顾城、海子等，可以说是你们把新诗带入一个新的境界、一个新的高潮，您可以描绘一下当时的诗坛吗？

舒婷：中华民族曾一度陷入危难，新中国成立之后也不是那么太平，我们那一代人说来是很不幸的，正赶上那个动乱的年代，而处身其间就无法挥去内心的隐痛，于是便有了许多心愿及神往，我们只是在做一种表述，于是这种诗意的表达便在太多人的心里引起共鸣。由动乱到和平的转型是历史的幸运，我们都很懂得珍惜，新诗在那样的氛围中就容易找到扎根的土壤，那时的诗坛大约就是这样。

舒婷：中国一直被誉为诗的国度，但其实被誉为诗的国度的中国却只能是唐朝。唐朝以后，诗歌就开始走下坡路了，宋词也只能说是诗歌文化的派生，是诗歌的回光返照，然后五四时期的外来文化为诗歌注入新的生机，新诗出现第一次高潮。这也好似前期的摇滚歌曲，它的深入人心最重要的是在于发现，可时至现在，人们一直在叫嚣新诗的不合时宜，这是不是社会环境的影响呢？现代人物质生活较为充裕，喜欢休闲的生活，而诗歌是属于高雅的、高深文化的范畴，所以诗歌的生存环境很受影响，而现在的诗坛上诗人各自为政，却又找不到出口。

柔风：您以为中国诗坛目前最重要的问题是什么？

舒婷：目前诗坛上最重要的问题是诗人相轻，你看不起我，我看不起你，诗人看不起诗人。而小说等通俗文化越来越受到市民一族的欢迎，还有如你说的诗歌的不合时宜，它的生存环境确实受到很大的影响，但这不是主要的，毕竟还有很多人喜欢诗。如果诗人们团结起来一起努力的话就好了，可惜这一点很难做到。目前网络上做得还算可以，网络也可以算是为新诗另辟一条道路、一块园地。

舒婷：现代的许多诗人。他们只是为作诗而作诗，而不是拿生命来作诗，这一点很是违背诗歌其实是一种鲜活的生命这一作诗的宗旨的，且后现代派，如她们派、莽汉主义派又有把新诗带入一种误区，在反传统的同时，又没有学好传统、用好传统。其实传统与现代是一对矛盾的东西，面对传统我们既不能拘泥，也不能狂妄，这一点许多老诗人现在做得也不好。刊物都注重于圈子，而圈外的人就难进去，像许多诗刊，如《诗刊》《诗选刊》《星星诗刊》等上发表的许多作品，现代人读不出其中的味道，既无哲理也无心情，更无美感，这是不是一种悲哀呢？

柔风：由此，您可以说一说新诗的前景吗？

舒婷：尽管目前诗坛出现了许多问题，但总体来说，新诗的前景还是光明的，谁说现代诗不好呢？那是他们没有用心去读现代诗。现代还有许多年轻的诗人，他们都是很优秀的（于是她便说了几个诗人，我记不清了），他们写的诗也很好，未来在你们自己手中，这还需要你们一起努力。

家庭和睦，儿子有为

柔风：您家的房子也蛮好看的，很别致的，请问您在鼓浪屿上生活了多少年啊？

舒婷：生活了很多年了哦，我很喜欢这个地方。

柔风：那您的房子里怎么摆这么一大柜子玩具呀？

舒婷：那是我儿子小时候玩的，现在虽然长大了，但也不能扔掉啊。

柔风：那您的儿子现在多大？他现在在干什么呢？

舒婷：他现在在上大学。他学习很用功，当年考了厦门市前几名，超过北大分数线几十分。但当时没敢填，只填了一个提前录取的院校，结果就被录取了。他的文章写得也很好。

柔风：那叔叔是干什么的呀？

舒婷：我丈夫呀，他是个评论家，同时也是个老师。这几天他身体不好，生病了，是在大海里游泳耳朵灌水了（“你到医院去看看啊！”舒婷对她丈夫说。这时她的丈夫走了出来，他们相视一笑——很甜蜜的一笑）。

立身之本与兴趣之源

舒婷：你这次远行的目的就是来找我吗？还有没有别的什么目的？

柔风：一是为了访问您，一是为了寻找诗意。

舒婷：寻找诗意？你的家乡在大别山区，那里就没有诗意吗？为何要四处跑呢？一个小孩子，多不安全啊！

柔风：其实诗意与流浪是分不开的。在一个地方待久了，就会觉得乏味，那个时候就渴望着有一次远行，感觉流浪的时候便会产生对家乡很强烈的依恋；和一座陌生的山对话，与一泓异地的水接触，都会有很不同的诗意的感觉。

舒婷：那是因为你们年轻啊！年轻人就喜欢冲动，不过这也不算是什么坏事情。冲动其实是一种激情，而激情对诗歌来说又是很重要的。不过你还是早点回家，免得你家人担心。

柔风：回家啊，回到学校，一切又涛声依旧。其实是个很无聊的地方，老师讲的尽是一些套话，许多课程开的也很无聊。大学里其实学不到什么东西，而大学生们经常都有一种自满心理，以为自己走进了象牙塔便会长出象牙，然而几年过后还是与初进来时没有什么两样，唯一的改变就是白了少年头。

舒婷：唉……中国的教育确实存在许多问题，正如你所说，但你们既然置身其中，就无法摆脱。毕竟太多的人在走着这样的一条路，你还是要先把书读好，毕业以后找一份稳定的工作，这是立身之本啊。只有先有了立身之本，才可以更好地去寻兴趣之源。

柔风：说到立身之本，我又想起了一个东西，人一出生不久就长满了牙，可以吃东西，而手是与生俱来的，可以寻食物，这也是立身之本啊！

舒婷：你这孩子呀，怎么这么说呢？太多的人在走着同一条路，那这条路就一定有它存在的理由，你想通过别的途径是很难的，人要善待自己。

关怀：几件小事

不知不觉已和舒婷阿姨聊了三个多小时，该问的基本也都问了，她六点多还有个朋友聚会，我也就不再打扰她了。

临行时，舒婷阿姨送了我许多东西：一本她的诗集，一只很漂亮的小钟，钟的上面镶着一个水晶的地球仪，她是要珍惜时间，并且要胸怀天下的，还有一袋水果，说刚刚要是给我吃我肯定不好意思吃，那就带着在路上吃。

最后她递给我一只信封，她说这是一点钱，你在路上买点儿东西吃。我说什么也不肯要。她说你要不要我就生气了。我便又只好收下。

从舒婷家出来，我走得特别快，就像脚下生了翅膀，如释重负的心里有说不出的轻松与愉快。转眼间已至巷口，再回首，看一看那扇诗人之门，几点绿叶掩映的小院子，我在心里默默地为舒婷阿姨祝福——祝您平安幸福，祝您快乐永远……

2004年7月

先锋就是对现实的抵抗

许多余： 苏童老师您好，首先祝贺您的新书《碧奴》出版！十分荣幸能和您对话，感谢天涯提供了这个充满人文气息的平台。

苏童： 你好！

许多余： 我个人理解的"先锋"是一种不断求索和突破的精神，发现尚未已知的存在；请问您对"先锋文学"有何理解？而徐星一直否认自己是先锋作家，您对此有何看法？

苏童： 我想我最初走上文坛的时候，因为年轻，因为心中的文学理想，导致了作品的一种先锋的面貌。正好与当时别的一些作家的作品组成了一种所谓先锋的潮流。先锋的某种意义是叛逆和破坏，内心因为有叛逆的欲望和破坏的欲望，所以导致作品必定是带有破坏性的。但是作家的写作，如果与什么东西有契约的话，那张契约不是先锋，而是文学的理想。而理想是会变的，所以不停在改变的理想引导着我的写作，使我的作品变成现在的样子。

许多余：有人说“先锋”就是要不停地在表述文本形式上求得变化，推陈出新。请问苏老师是不是这样？

苏童：对“先锋”在文本形式上的冒险，是“先锋”的一大标志。但恐怕更大的“先锋”的意义，是在精神上的探险。“先锋”最大的特点是对现实的抵抗，是不同意。我想我个人的写作是比较复杂的，因为抵抗的态度不能帮我抵达我所需要的那个现实。我所需要的那个现实，有时候要依赖于一个陈旧的现实。所以破坏和颠覆，对我来说有时候是进步，有时候仅仅是暴动。所以我现在对现实的态度已经没有任何的天生的抵抗，而是拥抱它、接受它，然后去批评它。

许多余：我们这一代人是沉浸在“娱乐、浮躁、消极、安定……”中长大的，文学已经失去它本来的意义。特别是先锋文学，已经很少有人提及，有的甚至都不知道。请问您对80后写作者有什么看法和忠告？

苏童：对于这个时代的看法，可能个人不同。我比较同意转型这一说，一个正在转型的时代，它也影响到文学。但是奇怪的是，作家的生活方式没有改变，读者的生活方式却变了。对于一些读者来说，阅读这个姿态，仅仅变成了休闲。但是文学提供的不是休闲，它对人永远产生潜移默化的影响。它不能决定你的生活，但有时候能决定你的思想。所以我觉得转型如果完成，整个社会对文学的需求会越来越高。

许多余：江苏有很多值得尊敬的作家，叶兆言、毕飞宇……还有您，你们经常在一起探讨文学吗？

苏童：叶兆言和毕飞宇都是我的私人朋友，我们恰好又都在江苏作协，因此关系非常密切。但是大张旗鼓谈文学的机会不多。我们在一起打拖拉机多于谈文学。

许多余：我知道苏老师以前在《钟山》，请问现在在哪里？

苏童：我现在不在《钟山》，但还在江苏作协。

许多余：我们这一代人的迷惑主要是市场和自我的矛盾，说到底也就是金钱的困扰——请问如何从这种自我的功利性中突围？

苏童：我觉得每个人的金钱观都是不一样的，而且似乎也不存在什么真理。人有多少钱才够？但我觉得钱够用就好，不必要为了钱去搏命。当然最理想的处理金钱和生活的方式是干一份自己喜欢的工作，而且这份工作还赚钱。

许多余：苏老师闲暇时喜欢听歌吗？余华有段时间疯狂地听国外的钢琴曲和交响乐（同时还写个随笔集《音乐影响了我的写作》，华艺出版社出版的叫《高潮》）。您喜欢什么类型的音乐？它们是否也曾影响到您的写作呢？你喜欢中国摇滚乐吗？比如崔健、许巍、张楚……

苏童：余华是癫狂级的音乐发烧友，我不癫狂。除了古典音乐，我一直喜欢而不得入其门，我其实比较喜欢美国的一种民间音乐——BLUE GRASS。是用很轻的乐器演奏的，人的声音也是不雕琢的，自然的声音，这是我在写作之后最想听的音乐。摇滚是我年轻时候曾经热爱过的，那时候是崔健的时代，所以我至今仍然是崔健的粉丝。一旦听到《一块红布》《花房姑娘》就很感伤，因为觉得我的摇滚时代过去了，我的青春时代也过去了。

许多余：感谢苏童老师给我回复了这么多，感谢啦！下次去南京时一定要去找您！您走好，晚上吃饭少喝酒、多吃菜，注意身体啦！并祝愿您新作频出、百事顺利！谢谢！

我理想的人性就是没有人性

记者（以下简称“记”）：我第一次听到你的名字的时候，还以为你是许三多他弟弟呢！

许多余（以下简称“许”）：你不应该这样认为！

记：为什么呢？

许：他只不过有三多，我是太多，都多余了，所以，你应该觉得我是许三多他哥哥。

记：呵呵，你真的姓许，叫多余吗？你爸妈真会起名字！

许：我爸妈才没有这么高的水平呢。我爸爸初中毕业，我妈妈小学毕业，能起出这么个名字的，起码也得大学毕业吧。从一个人的真实姓名，可以看出他父母的文化水平。比如说，林静宜、潘萌、刘卫东，这些人名字起的多好啊！还有我们许多国家领导人的名字，起的都相当有水平。比如美国总统奥巴马，人家天天喊，噢，爸妈！噢，爸妈！现在他真的成了美国人民的父母官了。当然，这是说着好玩的。

记：是的，在中国，姓名确实是一门很高深的学问。

许：姓名对一个人来说，真的有很强烈的暗示作用，人家天天就这么叫你嘛！我听说有这样一些名字：刘产、赖月京、范剑、姬从良、范统、夏建仁、朱逸群、秦寿生（亏他父母想得出）、庞光、杜琦燕、魏生津、矫厚根、沈京兵、杜子腾、杨伟、史珍香……你说这些名字起的……还让人活吗？

记：哈哈，确实。你还没回答我的问题呢。你真的姓许，叫多余吗？你这名字是谁起的呢？

许：是，也不是。

记：这话怎么说？

许：我真实的名字叫付强，很土的，一点个性都没有。当年我家穷，在那个地方老受别人欺负，爸爸希望我以后又富有又强壮，在农村，孩子的姓名一般都反映了家长朴素的愿望。但我这个名字在小时候经常让我觉得尴尬。

记：为什么？

许：小学的时候我从一年级到五年级都任班长兼学习委员，因为我每次考试都是第一名，打架又不怕死，人缘也好，老师和同学都信任我。小学语文课本里经常有这样的语句："我们要把祖国建设的更加美丽富强。"我们那时候是复式教学，复式教学你知道什么意思吗？就是一个教室里有两到三个年级。学生少老师也少，这样节省人力资源。

一般上课的时候，老师先把课文带大家读一遍就回家种地去了，接下来的时间就由我来带领同学们读课文。每当读到那个句子的时候，同学们就会把“富强”二字读得特别重，起哄。我特别喜欢我的乳名，据说是我一个远房的姑奶奶给起的，这个姑奶奶真是位好姑奶奶。

记：叫什么呢？

许：亮，亮亮，亮仔。家乡的人有的喊亮，有的喊亮亮，有的喊亮仔。并且每次语气轻重舒缓都不相同。亮，多好啊！恰好与光明有关。亮亮，多温馨啊！亮仔，和靓仔同音，越喊我越靓。确实，我从小到大真的是越长越好看、越长越像人。

记：别人都说你是韩版帅哥，今天得见，果真如此！

许：我对这样的说法很反感。连我的一些外国朋友都这样说，有一次一个叫曼德的赞比亚朋友说，我觉得你长得一点不像中国人，很像日本人和韩国人。气死我了！我不知道他们是按什么标准判断的。或许与中国经常出镜的一些演员有关系，人家外国人就以为只有长成赵本山和小沈阳那样才叫中国男人，长成李宇春那样才叫中国女人。

记：你的见解很深刻。我很少见到80后的人有你这么广博的学识和深刻的思想。我们继续往下聊。

许：哪里哪里，我喜欢乱说，并且一说起来就没完没了。等下，我想喝点水。

记者：在社会活动与文学创作上，你更看重哪一个，为什么？

许多余：以前是文学，曾经是活动，现在是两者并重。因为文学本身就是活动，只不过它是一种深层的心理活动，而普遍意义上的活动虽然有时显得无聊，但它是有内容的，就像我们的生活，虽空白却充满诱惑。

记：最先知道你是与你有关的几起新闻事件，比如2007年的乞讨募捐，比如你2008年参与“二月河免税说”论战，比如你状告电视台、比如你开办打工子弟学校、比如你的“吃诗”以及科大朗诵会“偷画”，等等。请问，你做这些事情的目的是什么？是为了炒作吗？还是有别的什么目的？

许：我说不是炒作你相信吗？这是一个炒作的时代，以至于不管你做什么，只要有新闻一出来，别人会立马认为你是在炒作。但我要对你说，我所做的这一切，真的不是在炒作。比如2007年的乞讨募捐，那个白血病小女孩我根本就不认识。我在一周内好像为她募捐到七八万吧，因为这些钱都是直接交给他父母的，我不愿意经手，免得到最后说不清楚，别人还以为我占了便宜。所以，我也不知道募捐的具体数目。后来，小女孩还是撒手归西了，这让我很长时间打不起精神。这是我第一次想通过自己一个人的力量来改变这个世界和别人的命运，可惜我没有成功。这也让我明白，有些东西你一个人根本无法改变，哪怕你付出多大的努力，结果仍然是徒劳。记得我当初去儿童医院的时候，很多患白血病的儿童家长都围着我，声泪俱下，要我不能只帮一个人，也要帮帮他们，有的真的给我下跪了！我每一次去医院看孩子几乎都是哭着出来，我把那些熟悉的面孔都当成我的亲人，他们的命运好似与我有着无法分割的关联——然而，他们随时会死亡，随时会因为没钱而被赶出医院。孩子们的父母为了节省开支，有的每天只吃几个白馒头，睡在医院走道的水泥地面上……我当时暗暗下定决心——我一定要救他们，为了这些可爱的生命，我要跑遍全国；为了这些可爱的生命，我要乞讨遍全中国。我要成立白血病患者儿童基金会……但是我必须要先成功地救活一个孩子，这是我的动力，也让我的行动更有说服力。可是，可是小馨怡的死亡让我失去了信心和动力……我把手机关机，拒绝任何媒体的采访……我害怕听到电话的响声……但是，小馨怡的父母有一点做得不太好，他们应该把我募捐来的没花完的善款捐给他人，可惜他们没有，他们没有！

2008 年，我状告合肥电视台引发了一连串的事件。其实我一开始并没有准备状告他们，我清楚电视台是一家强势单位，虽不是权力机构，但他比某些权力机构的权力还大，舆论监督的力量是强大的，而舆论本身的组织机构却存在无法回避的缺陷。记者天天帮农民工维权，可当自己的权利遭受侵犯时，却无处申诉、无法维护！你说这种情况不可悲吗？我在电视台工作了八个月，单位只发了几千块钱交通费和收视率奖金，除此之外只发了一百元，算下来我每月只有十几元的基本工资，我是不是中国最苦劳动力？我打电话给台长，要求补发我的工资，你猜他怎么说？

记：他怎么说呢？

许：他说，你在我们台里只能算是实习。我说我都毕业两年了，实什么习？他说你想怎么办就怎么办，然后就挂断了我的电话。无奈之下，我就把自己的遭遇发布到天涯社区和红网论坛，此消息一经发布便引起强烈反响，天涯社区首页推荐，红网也做出了专题新闻。几天之内，《环球时报》《新民晚报》《钱江晚报》等省外知名媒体先后做出了报道。我还接到原工作单位部门领导的恐吓电话。

记：恐吓电话？他是怎么恐吓你的？

许：说来太搞笑了！她说，你还想在安徽文化圈混吗？我的背景你也是知道的！你这样搞下去还有单位敢要你吗？你还想在安徽文坛混吗？你觉得她说的可搞笑？问我想不想在文坛混了！文坛啊！多大的坛噢！她搞的就像作协主席一样，铁凝阿姨也不会这样说呀。

记：那你怎么说的？

许：我说，你以为你是谁呀？你不要我混我就不混了吗？话说回来，我现在连饭都吃不饱我还混什么混呢？我好怕哦……哈哈。

记：后来呢？这事情怎么处理的？

许：我相信正义一定会战胜邪恶。我也一直相信邪不压正。一切只是时间的问题。当然，当正义处于劣势的时候，你必须拥有强大的精神力量——或谓之信念——支撑自己。一审仲裁院判我胜诉。虽然赔偿数额与我的索赔要求相差甚远，但毕竟是胜诉了。我的律师建议我继续上诉，我一想算了吧，把工资拿回来就算了。我总是心太软。结果电视台反过来起诉我，恶人倒还先告状了！

记：二审的结果出来了吗？

许：出来了！还是胜诉！我还等着电视台继续上诉呢……没想到正在此时台长换了，我们最后和解了。

记：听说你还开办了一家打工子弟学校？

许：是的。

记：办了多长时间？

许：三年了，2007 年开始办的。

记：资金从哪里来？

许：我和一个亲戚共同投资的。一直很艰难，每年都往里面砸钱，我拿工资和稿费填补。

记：政府没补助吗？

许：安徽这方面做得不太好，不像江浙沪那边，他们对打工子弟学校的支持和扶持力度很大。这也能理解，安徽这边毕竟不太发达，政府忙着建设高架桥、招商引资去了，心思还没有放到这方面来。

记：你觉得自己还能把这个学校维持多久？

许：不知道。这是一个棘手的问题，也是一个我可能无法解决的问题，可能还能维持几年，也随时有关闭的危险。

记：那你的学校若关闭了，这么多孩子怎么办？

许：不知道。能怎么办呢？要么花高价进公办学校和贵族学校，要么回家成留守儿童。

记：有没有什么好的解决办法？

许：有，政府或者企业赞助。但这很难。政府无暇顾及，企业赞助一般讲求商业回报。绝对无私的赞助，不能说没有，但很少。

记：你的家庭条件如何？这是个人隐私，你可以不回答。

许：没什么可隐瞒的。我不是富家子女、纨绔子弟。家庭条件很一般。父母都是朴实的农民，爷爷奶奶年岁已高。特别是今年，爸爸重病住院好几个月，花了不少钱。我还要在城里买房，生活的压力很大。

记：你结婚了吗？

许：没有。

记：准备什么时候结婚呢？

许：反正是晚婚晚育吧，响应国家号召。晚婚是肯定的，是不是晚育我就不知道了，因为我还不知道自己会不会育、能不能育。

记：你个人这么艰难为什么还做慈善呢？你做慈善的动力从何而来？

许：慈善跟个人的处境无关。慈善不姓富，也不姓穷。我做慈善的动力是，我发现有许多人没有我过得好，有许多人需要我的帮助。这个世界一直很冷漠，我希望温暖可以传递。直到有一天，大家都觉得应该这样做，那这个世界就真的温暖了。

记：你的社会责任心很强。这很难得。 你在 2007 年和 2008 年都登上了 80 后作家实力榜，天涯社区那个杰出成就榜也上了，你觉得在这一百个作家里，你是最好的吗?

许：那是兄弟们搞着玩的。我肯定不是最好的，请问谁是最好的呢? 谁说了算?

记：但是在外人看来，那些榜单还是很有说服力的。你觉得呢?

许：说实在的，能够上榜的作家肯定都有一些影响力的，或者在某个时间段干了什么有点轰动的事情。上榜的作家要么是商业运做得比较不错，要么是作家创作的作品能够站住脚，要么这位作家与制榜人关系非同一般。我觉得自己应该属于第二种情况，但别人可能也会认为我属于第三者，因为我的人缘确实不赖。80 后的知名作家、文化人、策划人，很多都是我的朋友。事实上，作为一个写作者，任何人都认为自己的作品写得很优秀，谁都自我感觉良好。

记：请问作家分 80 后这个说法有什么科学道理，难道 1979 年出生的与 1980 年出生的就那么大差别吗? 我是 60 年代出生的，也没感觉与 80 后观点有什么大的差异，可有人不以作品论派别，却以岁数拉帮派，请问你对这件事的看法。

许：这个是一个年龄的划分，不科学，但很有意思。80 后无帮无派，但很团结。

记：你如何看待 80 年代出生的写文章的人?

许：写的人多，写好的人少，但都想写好。话说回来，这年头干什么的人都多，但真正干得好的只一小部分。中国的人口基数在那里。比如炒股的人也很多，但赚钱的人很少；买彩票的人很多，但大半人的钱都打了水漂，说得好听点是为祖国福利或体育事业做了点贡献，其实谁不想赚钱呀？

记：在新华书店看到了你的小说作品，你觉得 80 后文学的未来值得期待吗？

许：我对于 80 后文学的期待还是很大的。就目前来说，虽然写得好的就那么几个人，有的还是盲人收玉米——瞎掰，没有形成很强烈、很成熟的气候，并且大多数还没有形成自己的风格；尤其是纯文学领域，80 后的“空位”状态很严重。这与 80 后作家一出道就被市场化有关。《萌芽》在这场市场化的文化大潮中起到了巨大的推波助澜的作用，这对于一个文学创作者来说，有着双重的效果，利弊共存。《萌芽》的新概念作家大赛成就了很多青春文学作家，但由于他们被过早地贴上青春文学和市场的标签，从而导致一系列副作用，比如，抄袭很文学，裸露很文学，认真写字的反而不文学。

记：你觉得 80 后的文学特点是什么？有没有自己比较欣赏的作品？对于 90 后的读者和 80 后，你认为有什么样的区别？对于现在比较流行的玄幻和悬疑惊悚题材，你有什么看法？

许：80 后文学的特点是没有特点。比较欣赏孙睿、李傻傻、苏瓷瓷、小饭、恭小兵、张悦然等人的小说，刘卫东和几个“萌芽”作家的散文，郑小琼、李成恩等人的诗歌，当然，韩寒的杂文写得非常不错。我不明白你说的 90 后读者与 80 后是什么意思，如果拿 90 后的读者和80后的读者相比，那90后肯定是比不上80后的，因为90后的孩子很多还没有形成自己的判断力，他们的阅读还依然停留在人云亦云的盲从阶段，大多数还分不清作品的好坏优劣，也没有形成自己的阅读价值取向。如果拿90后的作家跟80后的读者相比，那90后的作家显然要比80后的一般读者优秀。我也关注了一些90后作家，许多还是很有思想的。如果拿90后的作家跟80后的作家相比，这还真不太好比，按说现在社会文化环境更为宽松、更为优越，90后的作家出位应该更快一些，可是事实上并非如此。80后在这个年龄的时候已经有很多作家浮出水面了，比如韩寒等人的一鸣惊人。但时至今日，我还没有看见令人惊叹的90后作家出现。“90后”“贱女孩”包包和阿紫的名气被炒作得很大，但作品很差，属于叫座不叫卖的那种，名气被搞臭掉了。你想一下，90后的作品我们基本不会看，70后、60后、50后更不会看，看他们作品的大多是90后或90更后的；并且这种炒作一步到位，根本没有扭转的余地，可以说是毁了这两个美丽的姑娘。其实你不说没人知道的，你也可以说是别人的故事嘛！

记：你给你自己的社会定位是什么样子的？

许：有句话叫生命在于运动，所以我也要不停地运动，为自己运动，为别人运动。“运动”这个词语含义深刻，包括很多东西，物质层面和精神层面的都有。总之，我要做个对社会有作用的人（有可能是反作用）。

记：你觉得你的哪些文章最好？

许：没有最好的，我对自己的东西始终不满意，始终被自己推翻。我认为最好的都在脑子里面，还没写出来呢。就目前来说，《远方》是我最满意的作品。我也只有这么一部完成的长篇小说。

记：听说你现在不太写东西了，是吗？

许：谁说的？我一直写。但写得很慢。我从前年开始写个中篇，到现在还没写完。这方面我对自己要求比较高。

记：请谈谈你的写作历程吧。

许：诗歌写的时间很长，有十几年吧，我从初中就开始写诗了，最开始也是从发表诗歌开始的。拿到的第一笔稿费也是发表诗歌得来的，尽管只有五十元，但在90年代还是很多的，那相当于我一个月的生活费呢！出版的第一本书也是诗集。20岁以前，我热爱诗歌的程度甚过自己的生命，这说法一点儿都不夸张。多少个不眠的夜晚，我和几个诗友促膝畅谈，激动万分。因为诗歌，我们肝胆相照，荣辱与共。可是那个年代已经一去不复返了……有时，当我走在熟悉的街道上，我会想那些单纯的无忧无虑的快乐时光，清贫、彷徨，然而自由的、无牵无挂的寂寞、充实的时光。班驳的影影绰绰的路面仿佛还保存着我们昔日的影子和激烈的争辩声。我们在大学附近的郊外空地上燃起篝火，弹琴、歌唱、跳舞，在野外过夜，星星点点，百虫吟叫，阳光灿烂，雨一滴一滴……曾经相濡以沫的朋友，如今已悄然无踪影，属于我的诗意的年代也已悄然消逝。然后我开始写小说，企图通过小说的写作来发现自己的价值，重建自己的精神家园。事实证明，我的努力是卓有成效的。

记：诗歌是不是没有小说受关注的程度大？你觉得造成诗歌这种现状的原因是什么？你个人以后会以哪方面为重点，诗歌、散文，还是小说？

许：当然。个人侧重小说，诗歌也会写。

记：你的长篇小说《远方》的创作背景如何？

许：2005年在南京清凉门附近的中心南村，相当于一个贫民窟，一个不到十平方米的幽暗的小房子里，我用三个月的时间完成了《远方》的初稿。当时报着很大野心和希望。当时有个美丽的姑娘照顾我饮食起居。我在极度压抑和困惑中感受着生活的沉重和理想的遥远。因此，郁闷、消沉、绝望、幻想构成了那部小说的主体。我当时想，写过这部书后，一切都会过去，但写过之后才发现，它们仍在身后，从未远离。

记：你应该是80后作家中第一个写“文革”的吧？请问你写作这部小说的动力来自哪里？因为你没有生活在那个年代，没有亲身体验，特别是许多当时发生的事情，你是如何仿真的呢？

许：我生活在革命老区，我们一个县城为革命牺牲了十几万人，金寨的每条河里都流着他们的血。我祖上三代都是军人。我自己本身就算是烈士后代，耳濡目染。

记：作为80后代表作家之一，你觉得80后先锋派的代表作家有多少？你如何理解？

许：第一个问题你去找统计局好吗？因为我真的不知道。

我所理解的先锋，是不能用派别来划分的，先锋不是一个团体，也不是用以标榜自己的工具。先锋的形式有许多种，但没有什么具体的明确的概念和定义。所以，先锋本身是不明确的、不确定的、漂浮的，充满多种可能的。在我看来，先锋更是一种精神，一种不断进取、超越自我的精神。而超越自我的前提是自我否定，你首先得把自己否定掉，然后才能把自己打败，再重新建设自己。然后，你会发现，你所做的一切竟然是没有任何作用的，于是你又得寻找另外的出口——灵魂的出口。

记：你现在的生活方式如何？写作方式如何？

许：很不爽。基本没时间写东西。这就是理想遭遇生活时的境遇，相信很多兄弟都有同感。我那天突然有个感慨：我们这一拨人啊，再这样下去马上就废掉了，天天都在干什么呢……

记：你喜欢的理想的人性是什么样子的？

许：这得上升到一定的高度，我理想的人性就是没有人性。我觉得那些口口声声说什么人性的家伙都是虚伪的，有时我在想，在这个物欲横流的时代，人性与兽性相比，那真是天壤之别！

记：知道你热爱摇滚，能否说下你最喜欢的摇滚乐手？

许：国内的崔健、张楚、许巍、汪峰、冷血动物等。从某种意义上来说，摇滚和诗歌的意义是一样的，他们都在于发现。崔健是中国摇滚音乐的标志性人物，他的身上承载着一代人的反叛精神和敢于挑战权威、勇敢追求自我的生命力量。张楚的无所谓的姿态，不论是他的音符还是唱腔，都充分体现了属于少数人孤独的愤怒情结。更多的时候，张楚更像是一个旁观者，他平静地看着周边的一切人和事。生命和社会形态，变化无常中的非常态表现，一直是他音乐思想的母题。许巍一直是一个生活的积极参与者，所以他更容易走进我们的内心，他早期的孤独、彷徨、无奈、忧伤、欢喜，无不深深地打动处于迷惘期的知识青年和文艺青年。而随着他近年来的逐渐安静，带给我们的却是另外一种震撼——那种面对生命时坦然的豁然开朗的境地。汪峰和冷血动物都是以呐喊的方式介入我们的听觉系统，当然这感觉也很好，会让沉醉的我们清醒。近期的民谣摇滚盲人歌手周云朋，虽然我只听他一首《中国孩子》——那天我当着很多人的面听着听着就哭了……我有时控制不了自己的情绪。除此之外，我也听一些民谣、黄梅戏和京剧。比如以前水木年华乐队的李健，他的歌曲非常具有诗意，听起来非常放松；老狼的也很喜欢；国外的音乐我听的不多，只听过 BIGMAN 和铁娘子、新世纪以及班得瑞。

记：你理想的生活是什么样的？你现在离理想生活还有多远？

许：我最想过那种没有纷争、平静的生活。住青砖大瓦房，喝清澈泉水，吃绿色蔬菜，拥有自己的小花园，花开四季，果香满院。晚上可以坐在石头上，赏花、赏月，最好还有个“秋香”，要不我就得站在墙头等红杏了。目前看来，这些条件我都有，我家住在大别山，几亩地、几座山、几间房。可是我暂时回不去，因为我还有一些庸俗的理想没有实现。

记：平时都有些什么爱好？比如泡妞（或者泡帅哥）、喝酒、运动、旅游、胡思乱想等。

许：爱好很多，你上面说的，除了泡帅哥我都有。至于泡妞的问题，说来有些让人尴尬——因为我一般是被泡，关于这点我都不怎么好意思说。

记：今年有什么计划？目前实施的怎么样了？你打算怎样度过？

许：计划出版两本书，这正在进行中，如果不出意外，我想应该是可以的。目前已经确定下来一本了。怎么过呢？所谓时间，不都这样浪费的吗？

（汉网专访）

牵着牛羊，做个好皇帝

过去，他说话很批判、很露骨。他以为抄袭很文学，裸露很文学，认真写字的反而不文学。

现在，他希望和布莱克一样随和、纯净，生活在大草原，完成自己 19 岁的梦想……

“我要在那里，做个好皇帝，牵着我的牛和羊；我要在那里，走自己的路，沿着命运的手掌。”——这是许多余 19 岁写下的《宣言》。

红椅子，白桌子，一杯绿茶正冒着热气。他显然是喜欢品茶的，晃晃杯子，闻闻，这才抿上一口。

他这些年喜欢茶，是因为老家大别山古碑镇的那片茶园。

很难相信，眼前就是莫言、白烨、慕容雪村所盛赞的那个“文学巫师”。

当问及这些事情的时候，他只是笑而不答。

他是继郭敬明、张悦然之后的80后第三位畅销杂志主编。他横跨文学、史学、先锋艺术等不同艺术领域，且都取得了非凡的成绩。

他认为成绩只属于过去，现在的他仍太情绪化、愤青。

他说，他的灵魂仍需改造、净化，而这，或许需要一生的时间……

舒婷圆自己诗歌梦

四岁时，他独自一人走山路，常觉恐惧。

他给自己暗示，如果鬼把他害死，他死后变成鬼也不会放过它们。说到这，他仍不忘去抿一口他的茶。

他把那种暗示，取名为“许多余式精神胜利法”。小时候那段难忘的经历，使他相信，任何奇迹都可能发生，只要勇敢。

22岁时，他决定再勇敢一次，去厦门，找舒婷。

临走的时候，他对穿深蓝色衣服的女人说：妈，你放心。

那时母亲在新安江的工地烧饭。

上火车之后，他和两个农民工坐在一起，一路上聊得很投机。其中有一个是小包工头，叫小何。

到厦门之后，两个农民工把唯一的房子让给他住，他们自己睡楼顶。

第一次，他到了中华路并没有见到舒婷，只是留了一张纸条给舒婷的保姆。

第二次，他敲门。保姆告诉他，明天两点再来。

舒婷的院子里有很多桂圆，出门时他摘了几颗。

真甜。

第二天一大早，他就赶到鼓浪屿，到处转悠。

他看看表，一点五十，满意地笑笑，奔向舒婷的别墅。

在别墅门口，他大声地喊："舒婷阿姨在家吗？""在呢。"他就快速地跑上二楼。门开着，他一眼就看到那个穿着白花长袖，年龄五十多岁的女人，坐在椅子上，正在看书。

他万分激动。"舒婷阿姨，你好。我是许多余……"

之后的三小时，舒婷和他一起讨论诗歌，并对他的诗集口头作序。

临走时，舒婷还递给他一个黄色的信封，里面是两百块钱……

"你看，我一直都保存着，这是舒婷送给我的。"那是一个精致的地球仪，上面还有一个时钟。

舒婷嘱咐他，不能虚度时光，要胸怀天下。

日后，他没让舒婷失望。

筹不到二十万就出家

2007年5月2日，他无意间看到了一篇题为《深陷绝境，祈盼援手》的求助帖子，一个叫吴胜松的农民工，三岁半的女儿馨怡患上了白血病。

他马上联系到吴胜松。“当时我去看她的时候，她只说打针的时候有点疼，然后就笑，孩子那么小，她不知道，那是要人命的病。”

5月3日，晚饭之后，他坐在椅子上喝茶。他告诉女朋友说，他要去理发。

女朋友以为是要把头发剪短，就爽快地同意。

他说：这次是剃光头。

女朋友从床边走到他身边，摸着他的头发说：你这脸形，光头不好看，不能剃。

他给女朋友说了事情的缘由，她才勉强的同意。

5月6日，他像往常一样去理发店，一进门就大叫一声：剪头，师傅。

一个理发的师傅说：这脸剪了光头，不好看。

他坚决要剪，师傅就这样一刀一刀地把长头发剪短，成平头，再剃，最后就是光头。

等师傅告诉他剪完了，他傻了。摸摸头顶，苦笑，这头发多久才能长起来呢。

5 月 7 日，八点半，在合肥步行街，他和朋友们准备行为艺术表演。

九点，他顶着光头，举着“拒绝职业乞讨，援手阳光天使”的牌子，让行人在他衣服上留下爱心签名。

当时这事件引起媒体的广泛关注，但是筹的钱很不理想。他很失望，在自己的博客上写道：“我将不惜一切，为馨怡募捐……如果我出家了，关注的人会更多，这样馨怡可能会得救。”

接下来的一周，吴胜松总共收到了约八万元善款。

不久，馨怡因突发性肺部感染，不幸死亡。

许多余一语不发，拒绝任何采访，拼命地写稿，累了就睡。“我眼睁睁地看着一个可爱的小女孩被死神拉走，我使出所有力气，却没能抓住她。”

这事情让他一直不能释怀。

先锋作家华丽转身成打工子弟学校校长

2007 年 7 月，许多余和亲戚去朋友家，闲谈时得知他办了一所打工子弟小学，但资金很困难面临关闭，一百多个孩子将无法上学 。

“一幢破旧的二层小楼，校园野蒿遍地，教室里板凳和课桌坑坑洼洼，缺胳膊少腿……”这是许多余当初去学校看到的景象。

当时有几个孩子围住他，问他是不是新来的老师。其中几个孩子哭着说："放暑假前老师说学校不办了，我们该去哪儿上学啊？"

许多余想起自己从小是留守儿童，自幼家境贫寒。他立即做出接管学校的决定，他不顾家里的反对，把自己出书的几万版税全部投入学校做启动资金。

之后，他说服妹夫和一个远方亲戚成为股东，共同筹集了近二十万。2007 年 9 月 1 日学校艰难地开学了。

学校没有任何机构赞助和教育财政拨款，股东慢慢地退出，这让许多余感到力不从心。

2008 年 6 月 15 日，又是一个给老师们发工资的日子。早上十点，许多余叫女朋友、妹夫、妹妹到学校筹钱，还差一万五。接着大家手忙脚乱地到处打电话，找朋友借钱，最后只借到五千元。

实在没有办法，许多余拨通了老家母亲的电话。

他说，当儿子的没给家里钱，反而向年迈的母亲要钱，心里实在不好受。

2009 年，因为学校资金困难，许多余开始拼命写小说。他说，必须玩命写，为了孩子们。

虽然现在由他的妹夫替他管理学校，但他每周都要去学校看看孩子们。2009 年 10 月，一个叫小文的孩子，母亲得白血病去世了，当安徽的记者去采访孩子时，那孩子只是摸摸身上的毛衣，不说话。

许多余说，孩子们是他坚持的理由。虽然不知道学校还能坚持多久，但是他仍然勇敢。

他说过去的自己和现在是不一样的。

的确。

过去，他说话很批判、很露骨。他以为抄袭很文学，裸露很文学，认真写字的反而不文学。

现在，他希望和布莱克一样随和、纯净，生活在大草原，完成自己 19 岁的梦想……“我要在那里，做个好皇帝，牵着我的牛和羊；我要在那里，走自己的路，沿着命运的手掌。”——这是许多余 19 岁写下的《宣言》。

他说喜欢吃四川的火锅，虽然味道很重、很浓，但这种食物的刺激能给他灵感，就像他喜欢的摇滚一样……

《影响力周刊》记者 廖娥 发自安徽

每个人都可以是诗人

为什么现代诗很难超越《诗经》《楚辞》、唐诗、宋词等古典诗词？我想这与诗歌教育有很大关系。写诗，要从娃娃抓起。在古代中国，学而优则仕，那时的“学”，主要是文学，其中最重要的就是“诗学”。那时的人们，几乎一生都要（在）学习写诗。今天，哪有那样的诗歌环境呢？

年前，《江淮晨报》组织了“名师进学堂”系列公益活动，让诗人们走进课堂，与孩子们交流。这个活动非常有意义。我更愿意将其称之为“诗歌课”。

那天我一早就起来，跟晨报杜华、柱柱两位记者赶往藕塘社区小学，之前老杜反复跟我说，一定要讲得浅显一些，讲太深奥了孩子们听不懂。他不知道我之前有过多年的小学教学经验，我以前当过几年小学校长。

短短四十分钟课很快就过去了，需要表达的远远没有说完，孩子们的热情很高，他们对诗歌的理解和热爱大大出乎我的意料。在我的引导下，孩子们几乎明白了诗歌是什么，或者也可以说，他们本来就知道——只是，他们因个人的诗意天性一直被否定，而不敢确信自己。我只是帮助他们确认自己。

希望下次还有机会给孩子们继续上“诗歌课”。

活在庸俗的人间

像一尊雕像那样消逝
像人民那样惦记

在冰冷的大地上奔跑
对着手心哈气
在冬天荒凉的河流中沉沉睡去

再多的怒骂也不能解恨
再多的祝福也不能慰藉

反反复复地生

或多或少的死

每一朵鲜花盛开　仿佛都

在加深人类的苦难

没有标准就是最好的标准

答《中国新闻周刊》记者问

中国新闻周刊：您为什么喜欢写诗?

许多余：为什么呢？我也时常这样问自己。从精神层面来说，写诗只会让我变得更敏感、更尖锐；同时在物质层面只会变得更贫穷。毫不避讳地说，我一开始写诗就是带着功利主义色彩的，我上中学时家里很穷，每星期的生活费只有五到十元人民币，而我发表第一首诗歌的稿费是五十元。直到后来，诗歌的现实处境每况愈下，我想抽身时，发现自己已经完全深陷其中无法自拔。甚至有那么一段时日，我发现诗歌成了我的全部，我的状态就是写诗、读诗、谈诗，除此之外，我不想做任何其他的事情。诗歌既是我的宗教，又是我的生活。后来我大学毕业了，必须得迅速面对生活，我发现自己的处境很可怕，如此下去，我很可能会成为一个“废人”，就开始转型写小说和其他的文体……我是幸运的，搭上了80后的末班车，基本可以靠写作活下去。但我每年都会抽出三四个月或者更多的时间来写诗和读诗，诗歌好似已经成为我在写作范畴内的自我疗伤——当我写小说疲倦了或没灵感了，就会回过头来写诗，然后再去写小说。诗歌目前成为我寻找可能丧失的语感和语言灵敏度的某种介质。当然，我被诗歌俘获的原因远远不止这些，毫无疑问，它是最具有力量、想象力和趣味的文体。因此，每位诗人最快乐的事莫过于写诗本身。为什么喜欢写诗？说我信仰她，可能有些夸张。打个比方吧，就像一个女人，我始终坚贞不渝地爱她，不管她会（或已经）给我带来了多少沮丧和伤害，我还愿意被她伤得更深。

中国新闻周刊：您对当代诗坛现在的一些现象和文风怎么看？

许多余：我不知道你说的现象具体是什么？新诗丧失了好坏优劣的评判标准？还是“梨花体”“羊羔体”“乌青体”等令人啼笑皆非的诗歌事件的出现？

如果就新诗的标准来谈，那么我要说，丧失标准就是最好的标准。干嘛非要标准？又不是古体律诗。所谓好坏的标准，那都是唬人的，是“一小撮别有用心之人”为诗歌故意设置的门槛和障碍。在古代，诗歌作为达官贵人所掌控的工具，它可能直接与权贵达成某种默契（那时，诗歌甚至成为甄选官员和贵族的直接工具，文而优则仕，古时的“文”主要指的就是诗)，所以，当时的当局会理所当然地设置一系列标准，将诗歌打造成一门神圣、高雅、高深的学问。但我们同时也应该看到，一些不知作者是谁，诸如《孔雀东南飞》等伟大诗歌就来自民间。好诗就是好诗，正如美女就是美女，本来就应该一眼看出来，美与好具有与生俱来的天然属性，我们不懂得欣赏，那是因为我们修养不够；而我们好坏不分，那是因为我们缺乏基本的辨别和判断能力。这不是诗歌本身的问题，事物发展的规律就是先为一些东西命名、树立标准，然后再设法让事物回归到无序的状态，回到它们本身——我们也能一样辨认出来。文明的社会必须让辨认成为一种本能。所以，问题主要出现在读者自己身上。导致这种状况出现的原因，主要是教育和体制等。

就诗歌的内容而言，怎么写、写什么，都不为过。诗歌不仅仅可以传达崇高，也可以描绘琐碎、虚无、猥琐与邪恶；诗歌可以歌颂，但更可以反抗；诗歌可以积极，也可以消极。这种灵活的文体，可短可长、可小可大，可以接纳和抒写全部人性。

“梨花体”“羊羔体”“乌青体”等诗歌事件的出现，于诗歌本身来说，是悲剧。你看，诗歌都到了必须以“娱乐新闻”的形式，才能走向大众，足见大众对诗歌的冷漠和误解程度。各种所谓“体”的出现及其带来的短暂狂欢与讨论，对新诗的传播来说，是有积极意义的。它在反映诗人和诗歌处境尴尬的同时，也凸显出当代诗歌所面临的问题以及部分诗人为新诗企图突围所选择的行为和方式。但它们不能代表新诗的全部，甚至连局部都代表不了，它们只能代表他们个人的存在。

中国新闻周刊：您认为现在诗歌边缘化是什么原因导致的？（审丑？稿费低？等）

许多余：稿费低不足以造成诗歌被边缘化。诗人写诗，除了几个获奖专业户，大部分不靠诗歌赚钱。所以，我说诗歌是目前“最干净”的文学形式。当然，若能够靠写诗过上好日子，相信每个诗人都不会拒绝。实际上，诗歌被边缘化的原因，我前面已经概括地说了。在物质至上的时代，大多数人已经不愿意思考，或从不思考，除了赚钱，他们只愿意娱乐和消费。诗歌显然不是理想的娱乐方式和消费品，诗歌逼迫人进行思考，然后让人警醒、使人痛苦。在大多数人不认为“思考后惊醒的痛苦”是一种高级精神享乐之时，诗歌被边缘化太正常不过。诗人已经走得太远，而人们却在不停地后退，他们的距离也就越来越远。

中国新闻周刊：您对诗人怎么看？您认为现在还会出现“屈原”一样的大诗人吗？如果可以，是为什么，如果不可以又是为什么？

许多余：诗人都很好啊！直接、纯粹、热情、智慧，生命力旺盛，处处闪烁着人性的光辉。不论古代，或者现当代，诗人都是一个最善良的群体，他们不懈地追求真理，勇于担当，肩负公平、正义和良知，爱国、忧民。然而，就是这样一个优秀的群体，当前却成了为人所“最不齿”的群体，“诗人”成了“贫穷”“偏执”和“不务正业”的贬义词，你还能说人们的价值观没有出现问题吗？

屈原的伟大，在于他把诗人所应肩负的正义和真理的义务放大到了极致，同时让理想主义的悲情色彩在个人身上做到了毫无保留的践行。作为伟大的诗人，他虽不是为诗歌本身而死，但是，为恪守人格的独立和尊严而放弃生命行为，和诗歌本身一样伟大，他的存在，让诗人们在为自己一生的使命找到了内心的标尺。历史上，每每到了最紧要的关头，诗人们总是挺身而出。我认为，当代依然能够（或已经）出现像屈原一样伟大的诗人。在当前的世界文学上，唯一能为中国文学争得荣誉的，就是中国诗人。这又是一个极其荒诞的悖论，一方面中国新诗不断获得世界的认可，北岛、多多、杨炼、翟永明等诗人频频获得国际大奖；另一方面，中国新诗在自己的国家却不受重视，诗人们也在国内被极度挤压。

中国新闻周刊：您觉得现在写作诗歌的是哪些群体？

许多余：怀揣良知和正义，还没有被现实击垮，还没有被主流和意识形态完全淹没，悲观的理想主义者以及梦想家，他们还在并且一直会坚持写诗。

第四辑

chapter 4

独立写作

底线

我一直抑制着悲观、愤怒和绝望……
写得多好，做得多好，也无济于事。
偶尔我会在山顶释放他们：
沉默，消耗，对抗，容忍，快慰。
他们沉重，使光线弯曲。
我不再向往飞翔。
如此迷恋下沉。
好似看见了底线。

失声

整个夏天我都在调整音调。不能让古琴和吉他弦绷得太紧。不能让唢呐奏出的哀乐过于凄厉。不能，让野豆荚、燕麦管、长笛和萨克斯内部，气流冲撞，震动的频率太强烈。不能，让小提琴的伴奏过于甜腻。不能，让大提琴的嗓音无限低沉。

更不能让自己清唱，刺耳，或动听。

我不想咳出血来，也不想以沉默兑换黄金。

每一棵树的平静都不是真的平静。

每一阵风的躁动才是真的躁动。

谁也无法让焦虑停止，我想飞的冲动，与夏天的汗水一样，真

诚，下流，

不可遏制，我浅薄的拘束。

整个夏天我都在与自己搏斗。

我摁倒她，掐住她的喉咙。

我模仿她，被泯灭的呻吟。

而她仿佛并不存在。她极有可能是我

无意间碰到的一个女人。一棵树。一阵风。

我的左手紧紧攥住我的右手。它们冲对方大吼，嘲笑，丧失命令能力的嗓门。

城墙上的车流哑然失声。听不进任何声音的耳朵，开始打鼻子的主意

它还想取代嘴的功能。

人行道两旁香樟正试图阐释，我为什么装聋作哑？

我聋了。使人着迷的声源，死里逃生。而声音本身正在消逝 。

我哑了——每一把阳光的刀子，都在解剖，需要阐释之人。

许多余 2013-9-8 晚 11:43

纯洁

当我们面对着数目庞大的矿石
当我们把矿石一块块扔进熔炉
不停地添加火不停地在企盼中
消磨掉欲望和意志 滚烫的岩浆
喷涌而出的那一小块黄金
多么纯洁！

掘挖和冶炼多么纯洁
灼热和冷却多么纯洁

付出多么纯洁
等待多么纯洁

获得多么纯洁

一无所获多么纯洁

2017.10.15

我们正陷入生活的细节

他割破食指
开始演绎一个抑郁者
不食人间烟火的前兆
窗台上洗发水里翻飞的嘴唇
搅起了似乎属于另一个世界的回音
而膨胀的欲望 恰好通过门缝
遭遇我们久违的涟漪
我甚至不敢去想象简单的事物
那些唾手可得的欢喜让人悲伤
它们迟迟不来
直到生活将我完全淹没

她们或许早就来过

房间里风声日紧

我浑然不觉 我忽视了

自己 破茧而出的解放

那快感仅仅来源于身体

表层浅薄的撕裂

脑海中白虫蠕动阵阵瘙痒

从何时起 我陷入了这些肤浅的摩擦

所带来的短暂高潮之中

迫切地需要进入

静谧的日夜 贪图沉迷

以透支换来相对持久

所有急切的瞬间 都是雷同

所有勇猛和豪情都只是

撒旦的一个浅笑

无法阻止身体的衰败

谁能证明我们的存在和意义?

我把身体高高挂起

抛向高远的夜空
谁能听到我的生命掷地有声

我开始怀念那些岁月：
你在午夜游荡
拥有空空的欢喜
遍野植物被百虫搜集
它们编织绿色巨网
噢——你这条漏网之鱼！

2012-3-11 晚 20：18

朝向一首诗的完成

我要完成一项工作，这是我的任务
我完成过很多工作，有的很容易，有的很不容易。
容易的不一定没有价值，难的也不一定都有价值
但有价值的工作，基本都不那么容易。
那可能不是我的任务，比如帮一个陌生人的忙，或者安慰她
参加饭局，出席活动。赶赴各种婚礼，和葬礼。
有的是人情，有的是恩情，有的是债务。
笑着好看的笑，说着好听的话，也听着好听的话。
那些隐秘的约会和喧嚣的宴席，同样都是工作，必须完成
否则我们就可能失去动力，丢掉工作，活不下去。
毋庸置疑，我们要完成的工作大部分都跟钱有关
缺钱的人是这样，不缺钱的人也是这样

那些看上去不缺钱的人，往往比我们更需要钱
就像那些天才，比起普通人，他们需要更多的才华。
唯有如此，他们才能一次次完成，走向新的完成。

也有半途而废的时候，比如我们明明知道，震撼的风景
就在远山，已距离我们不远，但我们却没有力量，走向它。
这多半因为勇气的匮乏，造成体力不支，而不是食物的短缺
导致，我们一次次错过，那些极致。

出于感恩，我必须完成一首又一首诗。
我要感谢天赋，感谢灵感，感谢宇宙运行的规律。
感谢带给我困惑的现实，感谢找上门来的词语。
感谢它们不请自来，又不辞而别，感谢所有给我写作的动力。
出于感恩，我必须在完成一首又一首诗之后，继续完成新的诗。

这并不是说，我要每天都写一首诗，或很多首诗。
写诗，并不能挣钱，它不是我的工作，没有量化的意义。
对于很多人来说，写一首诗和写一万首诗，没有区别。
它不过是一种生命内耗的方式，只不过比普通的消耗高级一点
对我来说，这种认定同样是有效的、真实的。
我确实需要这样的消耗。它让我感觉不到是在消耗。

而生命在这种浪费中充盈，它衰败得更快，也会更轻。
这将有助于我们飞翔。

我也有可能反复去写同一首诗。像我们不断的反省和忏悔。
那些被我们完成过的诗，并一定真的就完成了。
就像那些被我们热爱过的人，不一定就拥有了爱。
而对于诗的热爱，是一个巨大的空洞。
不论你做出多少努力，都无法弥补，让她充实，以趋向完美。

出于对完美的追求，我要无穷无尽地写下去。
就像星球的自转和公转，我们知道那是因为引力
而促使我们大脑高速运转的引力，是飞旋在天空中的语言
那如迷宫一样复杂的构造——像谜一样的磁场
吸引着我们，诱惑着我们，又排斥着我们。
在无数次朝向一首诗的完成中，获得美妙的高潮。

而我们正被创造，又被灵感的射线扰乱
我们反复回到局部，又想攫取整体，如此矛盾的探寻
很难说，还能持续多久，但只要生命存在，完美的事物就会存在
追求完美的目标就会存在。词语的运动就会存在。诗的秩序就会存在。

努力就会存在。而不经意间对于完美的撕裂，并不一定都是败笔。

每次有效的完成，都需要破坏，以让新鲜露出破绽，显现出新的漏洞。必须打开语言的裂缝，我们才能进去，才能出去。

就是这样，我们在一首诗中进进出出，被它包围，被它湮没，被它吞噬

被它接纳，也被它拒绝。给她愉悦，她同时也获得了愉悦。

一首诗可以让我们得以完成，一万首诗也可以让我们得以完成。

或者，如此，事实：不是我们完成了它。

它永远不可能被完成。而朝向就是完成。

如同我们的一生，活一百年是一生，活一天也是一生。

我们的生命，出生就朝向死亡，而在我们活着时，不可能完成死亡。

2017.10.7

你还年轻，一切都还来得及

橙周刊（以下简称“橙”）：前不久网上很流行的“保温杯泡枸杞”，成了人到中年的一个代名词，你觉得自己到了中年后，什么成了你经常需要的东西？

许多余（以下简称“许”）：像我们这些贫苦出身的人，到中年以后，所有的家庭重担都落到自己身上，父母妻儿爷爷奶奶岳父母……几个家庭都需要你，你几乎成为他们唯一的“稻草”。所以，最需要的，是钱。

橙：在你印象中，除了保温杯，还有哪些是中年人的标配？

许：除了保温杯，还有什么呢，高级轿车、各种奢侈品、大房子……一般的，享受的起豪华之时，大多已近中年，是这样吧？

橙：你是在什么时候开始下意识有“人近中年”感觉的？

许：我二十八九岁以后就感觉进入了中年。逐渐感觉身上责任之重大，遂抛弃了所有的粗犷和疯狂，基本戒掉了可乐、烧烤、通宵达旦……不再为所欲为，也不再不顾一切。

橙：人到中年后，比较明显的感觉在哪？比如在熬夜、酒量、交往的欲望等方面。

许：我不怎么喝酒。其实三十岁以后，我就觉得身体大不如少年之时了，以前通宵读书写作，第二天还去打篮球，现在不可能了……欲望嘛，虽然仍很强烈，但感觉短期内，荷尔蒙不再是必需品，是可以节制、可以控制的。

橙：情绪上呢？有没有什么变化？比如焦虑、无助、失落等情绪是不是越来越多？

许：情绪方面，越来越平静了，以前可能有些刻意，现在是真平静。好像这样也不好，激情在消减嘛。

橙：最近经历过的“最低落”是什么时候？

许：最低落的时候是，我帮助过不少朋友，但当我有困难时他们却……借出去的钱，仍然遥遥无期。

橙：面对中年危机，你的解药是什么？

许：我面对危机的方法是，短时间内不去想现实困境，而去读书、写作、思考……然后自己抚平自己。

橙：人到中年，有哪些不好，有哪些你意想不到的好呢？

许：人到中年，最大的好，好像是对家人和身边的人好很多。不好是，梦想的迫切性骤然下降，我不再希望，也不再失望。

橙：有没有做过一些尝试让自己变得年轻些？有效果吗？

许：很多多年未见的朋友见到我，说你一点没变呀。如此看来，我老去的速度比较缓慢。我想这主要因为，我曾长得比较着急，哈哈。其实，我还是比大多数和我同龄的人显得年轻，因为我一直做着自己喜欢的事情，读书、写作、开连锁文艺书店……相对来说，都是与自己的理想靠近，处理事务也相对单纯。我相信一切，我选择相信，不与人为敌，直到受到伤害，我顶多会不把你当作朋友。

橙：喜欢和 90 后聊天吗？

许：我的年轻朋友很多，男女都有。少年时我的朋友多为中老年人，现在我要成为少年们的朋友。我缺失了什么，就靠近什么。

橙：你都有哪些养生的方法？

许：我不喝枸杞，肾好，我的保温杯里，是绿茶。我养生的办法是，尽量不吃不健康的食物。我家里大部分食材，都是从山区运过来的。

橙：现在有没有什么比较适合自己的爱好？为什么喜欢这些爱好？

许：爱好很多，所有玩儿的事情我好像都有天赋，哈哈。

橙：有没有年轻时曾想做的事情，现在仍然还想去做的？

许：我年轻时选择写作，现在仍在写。此生我所有从事的事情，可能都与文艺有关。

橙：最想对自己说句什么？

许：最想对自己说，你还年轻，一切都来得及。趁着尚未老去，要加倍努力，要好好珍惜，要敢去爱，要有勇气……

（2017年10月，《橙周刊》）

文青的困惑与羞涩

困惑

文青最大的困惑，无外乎是，才华一直无法变现，梦想总是尚未实现，情人无情，爱人不爱……说到底就是，缺钱、缺爱。可这些谁不缺呢？你自以为是满的，心就不会空。那个谁说，没有一棵小草自惭形秽。来，干了这碗老鸡汤。

羞涩

都说我羞涩……其实我不仅放荡，还放荡不羁呢！只是你，可能还没机会看见我，只在夜晚凶猛绽放，又迅速禁闭凋落……如昙花一现，美丽而残忍的，那一面……

善意的偏激

善意的偏激，总比恶意的维护要好，比消极的保守要好，比保守的中庸要好，比中庸的客观要好，比平庸的恶要好，比恶的自私要好，比自私的冷漠要好，比冷漠的麻木要好，比麻木的适应要好……

对人祸的反应

人祸发生之时，不去追凶问责，而只一味祈福，无疑等同于纵容罪恶。

面对冰冷的尸体，伤逝者亲人无尽的痛苦，巨大的损失……何来温暖与感动?

那些只知道点蜡烛、加油的明星们，小心火上浇油，烧了自己的眉毛。

断章取义

我最大的失败在于行动力远远跟不上想象力。我最大的局限在于越来越无力把握虚无——生活日渐具体，必将导致更大的局限。我唯一想做的事，就是无所事事。

我爱所有事物仁慈而美好。她果敢上升，或坠落，温柔、单纯，充盈我，救赎我，让我克制。勇敢一些吧……我们将乘大鱼飞去，把命运安排在——每一朵浪花的起伏之上。

藤蔓缠绕着薄凉之夜，五味子就要喷薄火焰
森林卸下缤纷的肉身，箭镞星球正分娩坚果
水稻的军队丢盔弃甲，向人与土地俯首称臣

寒芒花又开，苍耳不凋零。归时已晚矣。

而今，田园荒芜，荒草漫山，野果溃烂……

秋虫声声召唤，我欲温习感人的荒凉。

我居心不良

我最初的梦想，是开家诊所式的书店，读者们可以一边治病一边读书，我偶尔从事一下少女月经不调之类的诊断与治疗工作。我用目光偷拍下她们的隐情，再写成一本本书，卖给她们。

我幻想这种一箭双雕自给自足有点猥琐的油腻生活。

我的居心像不良少女一样不良。

可我是一个无法一心二用之人，一想到要弃文从医，就果断放弃了歌德式的古典的浪漫主义念头。我有自知之明，我没有那么高的天分，最多也只能成为个娘家妇女，偶尔对着自己的老男人卖弄一下一本正经的风骚。

真不理解那些偷拍者，裙底有什么好拍的呢？又没有什么风景……真正的好春光，都不在下面。比如，你妈妈的微笑、你姐姐的骄傲、你妹妹的荣耀、你女儿不可拘束的天真……你拍到什么，你就会成为她们的一部分。

你看人家荒木经惟，把女人的隐私部位，拍得像鲜花一样光明正大。

必须像尊重别人的隐私一样，尊重别人的隐私部位。未经许可的窥视，就是冒犯，就是犯罪。

当然，主要还是看你的居心。同样的行为，有的是低俗的变态色情，有的是高雅的艺术情色。

正如，即使你在顺境，若因微小的仇恨，就伺机报复仇人，你就会成为像他一样的人，陷入时刻会遭报复的困境；而即便身陷泥淖，你若向往美好，你就会成为美好的一部分。

让作品说话

再好看的皮囊，最终也会腐臭败坏，唯有丰沛有趣的灵魂永垂不朽。希望你们像喜欢我的善意一样，喜欢我的作品；希望你们像喜欢我的作品一样，喜欢我的书店。我的作品是构成“许多余”最重要的部分，她时常替我说话。我的书店也是我重要的作品，她长有性感迷人的小嘴巴。

他们喜欢我们的书店，或许只因其设计的善意，以及书店空间的诗学与哲学——无法忽视的色彩，与遥远而神秘的声音呼应……让目光弯曲，心灵慰藉。犹如一根针落入大海，细小的斑点在人群中移动，似乎一次逃离，不再期望回到铁的家族。

就像教堂里的乌鸦，把乱叫当成赞美诗。除了专门害人的学术，还有专门害人的制度、专门害人的技术、专门害人的哲学、专门害人的科学、专门害人的文学、专门害人的艺术……他们自作聪明，感觉良好，沾沾自喜地把此当成一种谋生的手段，并坚信天赋如此，坚信自己的所作所为，具有先进性、合法性、正当性。而唾手可得的金钱、荣誉和光环，让他们瘫软在邪教般的使命感中，在娱乐至死的感召下，享受着让人眩晕而迷醉的名声。虚妄的自我感觉良好，是他们的全部感受力。如此道破天机，未免居心不良。他们心怀不轨，而我居心叵测。我承认，我是因为妒忌。

仿佛把一盘好棋下成了死局。最近我发现自己不太喜欢诗了。不想写诗，不想发表诗，不想见诗人，也不想谈诗，甚至不想读诗。对任何事物的热爱，好像都有个限度。仿若波浪不停地冲击海岸和礁石，又迅疾地瘫软，归入无边沉寂。

浮出水面的文字里没有浪花，只有泡沫。沽名者端坐在醒目的显眼位置，唾沫飞溅不厌其烦悠然自得地钓誉，如此道貌岸然，如此理直气壮，如此理所当然……而他们的狭隘、偏执、愚蠢，就像酒桌上猥琐的媚骨，正被一群无知的蠢货噬啃。他们牢牢地抓住苍白的诗句，津津有味地咀嚼着伪文学的残渣，吮吸着灵感的毒药，嘴角溢出恶心的赞美。

而对这一切的察觉和愤懑，使你自觉地成为那被边缘化的极少数人，这恰恰是自由写作的局限——作品越写越多，朋友越来越少，读者越来越少，你越来越孤独、越来越沉默。

不想指点江山，只想激昂文字。不想站在任何人一边。不想被人指点，也不想指点别人。不想摆布别人，更不想任人摆布。不愿意把自己放进用于举办盛宴的一大堆家具中，成为装点别人门面的——一件不合时宜的摆设。

最好远离人群，或最多把那一群人当成一个无声的存在。谨言，慎行。别浪费时间，去反驳荒谬的逻辑，和不存在的伪命题。在他们胡言乱语之时，尽量少说话，或最好不说话。

不想语惊四座，唯愿寂静无声。

让作品说话。